アラビアン・ウエディング

～灼鷹王の花嫁～

ゆりの菜櫻

講談社X文庫

目次

イラストレーション／兼守美行（かねもりみゆき）

アラビアン・ウエディング

～灼鷹王の花嫁～

◆ プロローグ ◆

夜も更け、静まり返る王宮の中でも、このハレムの一角だけは騒々しさに包まれていた。大理石の柱を縫うように使用人が忙しく動き回っている。

使用人が向かう先は、ひと際煌びやかな黄金の扉の前である。この扉の奥の主、オルジェ王国、第三王妃が今朝から産気づき、いよいよ赤子の誕生が間近に迫っているのだ。

「妃殿下、ご無事でしょうか……」

使用人の一人がぽつりと呟いたその時であった。突然、扉の向こう側から勢いよく赤子の泣き声が聞こえてくる。ほぼそれと同時に、中から女官が扉を開け放った。

「真紀子妃殿下、只今、無事に王女をお産みになられました！」

すぐにどっと歓声が沸く。第三王妃付の使用人が皆、嬉しさに声を上げた。

だが、その騒ぎを部屋の奥から聞いていた第三王妃、真紀子は、人知れず小さく溜息を吐くしかなかった。枕元では侍女長が悲しげに涙を零している。とても出産後すぐの様子ではなかった。

「おいたわしや……」

そう嘆く侍女長に、真紀子はそっと手を差し伸べ、彼女の手を握った。

「これでいいのです。予定通り、王女として公表を。決して皆に赤ん坊が男の子だと悟られないように」

「ですが、あまりにも……」

真紀子はただ首を横に振るしかなかった。そして隣で元気に泣く我が子に目を遣った。

世界で一番大切な宝物――。

この子さえいてくれれば、怖いことなど何もない。

王女として育てることに躊躇いがないと言えば嘘になる。だが、この子の命がかかわっているとなれば別だ。

ここオルジェ王国では、最近、幼い王子が次々と命を落としている。すべて病死や事故死ではあるが、不自然な点も多々あり、世間では王子が誰かしらに暗殺されたのではないかという噂が後を絶たない。

事実、現在、生き残っている王子が一人もいないのだから、そんな噂が立っても仕方のないことだった。

誰であろうと、絶対にこの子を殺させはしない――。

おなかにいる子供が王子だとわかった時から、医者にも口止めをし、この子供を王女として育てようと決心していた。

王位継承権などいらない。欲しいのは子供の健康と命である。

子供の性別を隠し通すためにも、王宮から逃げなければ——。

真紀子は自分の計画を実行に移すのに迷いはなかった。

体調が戻ると、すぐに自分が病弱であることを盾に国王の許しを得、気心の知れた使用人だけを連れて、我が子と共に離宮で暮らし始める。

真紀子はハレムの覇権争いからも逃れ、子供と一緒に心穏やかに過ごす日々を手に入れることに成功したのだった。

そして二十二年が過ぎる——。

◆　I　◆

「王女様、晴希王女様！」

王都の郊外にある離宮に侍女の声が響く。男の姿をしていた晴希は慌てて柱の陰に隠れた。すると、晴希と一緒に部屋でくつろいでいた美しい女性が小さく笑った。

「隠れなくても大丈夫よ、晴希。ここまで捜しには来ないわ」

「母上……」

オルジェ王国、第三王妃である母の真紀子は、晴希の隠れた様子が余程おかしかったのか、くすくすと笑いっぱなしだ。

晴希は本来、王子であるが、王女として育てられたので、第四王女ということになっている。正式名は、晴希・ビント・サフィル・シャンターナといい、女性であることを示す『ビント』が使われていた。そのためここでは『晴希王女』と呼ばれている。

もちろん、ここの使用人のうち、古くから仕えてくれ、且つ、信頼のおける者には、晴希が男であることは告げてある。だが、ほとんどの人間は、国王である父も含め、晴希の顔がヴェールでほとんど隠されていることもあり、女性であると思い込んでいた。

　晴希も母と同様、病弱ということにし、公務には一切顔を出さず、静かに離宮で暮らしているということになっている。実際はお忍びで男の恰好（かっこう）をし、ちょくちょくと出掛けているが、それは極秘中の極秘のことだ。

　今朝も父王が母と晴希の顔を見に、離宮へやってきたが、晴希は女性の衣装を身に纏（まと）い、更に極度の人見知りの王女ということで、目だけ見えるヴェール、ニカブを被（かぶ）って、父王に謁見した。

　幸いと言うべきか、晴希は日本人である母の血を色濃く受け継ぎ、アラブの男性に比べて華奢（きゃしゃ）であるため、二十二歳でも屈辱的ではあるが女性だと誤魔化（ごまか）せる容姿ではあった。アーモンド型のくるっとした瞳（ひとみ）は少し茶色がかり、愛らしさを醸し出し、滑らかな真珠色の肌は、日本人特有のきめ細かなもので、陶磁器でできているのではないかと思えるほどの代物だ。実際、母親似の晴希は美しい青年であった。ヴェールからは目しか見えないにもかかわらず、多くの人から病弱ではあるが美姫（びき）に違いないと噂（うわさ）されていた。

　父王もそろそろ嫁に行かないといけないな、などと言って、完全に晴希を女性だと思い込んでいる。

　本当はこのまま嘘（うそ）を言い続けるのは、気が咎（とが）める。父王だけには真実を伝えるべきか悩みに悩んで、今年で二十二歳になってしまった。

いくら考えても答えが出ない。父や国民を騙していることは大きな罪だ。自分だけ罰せられるならまだしも、母までもが処罰されるようなことになったらと思うと、正直に告げようと思う気持ちが萎み、ここまでずるずるときている。

母は晴希を助けたい一心で嘘を吐いてしまったのだ。父を騙そうと企んだ訳ではない。だが真実を告白することによって、何かしら罰せられるのは間違いないだろう。男だと公表することによって、病弱な母にこれ以上負担を掛けたくなかった。

一体どうすればいいのだろう……。

このまま嘘を貫き通すためには、晴希王女が病気で亡くなったというデマを流すしかないのだろうか。

以前からそんな話が母との間で出ていた。

この国は日本と違って戸籍がないため、母の侍女長の協力を得れば、彼女の孫として生きていくことも可能だった。実際、その話も進み掛けている。

母と親子の縁が切れるのは辛いが、立場上は親子でなくなっても愛情は変わらないと、今も母と話していたところだった。

「晴希、陛下があなたの婿を探し始めようとしているわ。もちろん断ればいい話ではあるけれど、何度も断ることはできないわ。はぁ……、ずっと引き延ばしていたけれど、あなたを男の子として歩ませる時が来たのかもしれないわね」

「母上……」

　最終通告をされたような気がした。来るべき時が来たのだ。

「今月中には手筈を整えましょう」

「わかりました」

　力強く答えたが、心はどこか空虚だった。

「愛しているわ、晴希。あなたには男性として本当の人生を歩んでほしい。母のわがままにずっと付き合わせてごめんなさい」

「わがままなんて思っていません。母上のお陰で僕はこうやって無事に生きているのですから。そうやってご自分を責めないでください。母上の悪い癖ですよ」

　もう二十二歳だ。王女として生きるのも限界を感じている。そろそろタイミングを計って晴希王女から卒業するのが妥当のようにも思えた。

　晴希は王女であったため、今まで学校に行くことができず、勉強はすべて家庭教師に教えてもらっていた。成績優秀で、有名大学卒業程度の学力はあったが、同い年くらいの友達というものがほとんどいない。いや、ほとんどいないどころか、アルディーンしかいない。

　アルディーン。もう七年の付き合いになる唯一友人と呼べる男であった。今日もこの後、彼と会う約束をしている。

「じゃあ、母上、これから少し外へ出掛けてきます」

カウチに座っている母に近づき、そっと頰を合わせて出掛ける挨拶を交わす。

「あまり遅くならないように。夕食に間に合わないと、また王女の体調が優れないと言わなければなりませんからね」

「わかっていますよ。僕も夕食抜きなんてなりたくありませんから、間に合うように戻ってきます」

少しおどけて返答すると、母がくすっと小さく笑う。母の笑顔を見て、晴希は改めて今の生活が幸せなのだと思った。

この生活は、確かに少しだけ不便かもしれない。性別を偽っているため、同世代の男性がするような遊びもできなければ、莫迦なことをする友人もいない。だが、その分、親しい使用人たちが晴希のことを愛してくれていた。

このまま何も変わらず過ぎていけばどんなにいいか。小さな幸せが続いていくことこそが晴希の願いだ。だが、この状況がいつまでも続かないのも漠然と気付いていた。

いつかどこかで誰にでも人生に大きな変化が起きる。晴希はその変化が怖かった。怖くて堪らない。

時間を止める術はない。それなのに心のどこかで時間が止まらないことに駄々をこね、変化を恐れる自分がいた。馴染み深い環境や小さな幸せを失うのが怖いのだ。

「どうしたの？　晴希」

　母が晴希の僅かな変化に気付いたようで心配そうに見つめてきた。晴希は努めて明るく笑った。

「いえ、何も。では行ってきます、母上」

　晴希は何でもないように装って、母の部屋を後にした。

＊＊＊

　離宮から少し離れたところでタクシーを拾い、王都の中心部へ出る。彼、アルディーンとの待ち合わせは、観光地としても有名なモスクのある広場だ。

　広場の近くでタクシーを降り、そのまま徒歩で待ち合わせ場所まで行く。

　広場は綺麗に整備され、多くの観光客でごった返していた。宗派関係なくモスクの中へ入り、屋内の煌びやかな装飾品を自由に見ることができるので、ここはオルジェ王国でも人気の観光スポットの一つである。

「晴希！」

　晴希が広場のベンチに座ろうとしたところに、声が掛かった。顔を上げれば、待ち人、アルディーンがこちらへと足早に向かって来るのが見える。それと同時に、すれ違いざまに観光客が何事かとアルディーンへ振り返り、そのイケメンぶりに、一瞬見惚れている様子も目に入った。

彫りが深くて甘いマスクは、きっと女性には魅力的に映るに違いない。更にどこかのモデルかと思うほど四肢が長く、程よく筋肉がついているのも、華奢な晴希にとっては羨ましく思うものだった。

その鍛えられた躰に、質のいい布地の、たぶんオーダーメイドであろう白の民族衣装を身につけ、颯爽とそれを靡かせる姿は、誰をも圧倒するような上流階級のオーラを纏っていた。

晴希自身もしばし彼に目を奪われるほどである。その彼がすぐ目の前にやってきた。

「晴希、もしかして待ったか？」

「いや、今来たところだよ」

笑顔で答えると、彼が大袈裟に安堵の溜息を吐く。

「そうか、よかった。今日は車を駐車するのに時間が掛かったんだ。お前をこんなところで待たせていたら、悪い輩が寄ってくるんじゃないかと、気が気じゃなかったぞ」

「悪い輩って……。いくら何でも二十二歳の男に言う言葉じゃないだろう？　それに武術は一通り習得しているから、何かあっても抵抗できるよ。アルディーンだって、僕の腕っぷしの強さは知っているだろう？」

アルディーンはかなりの過保護だ。晴希が少し世間離れをしているからといって、箱入り息子だと決めつけている節がある。確かに箱入り息子ではあるが……。

「ああ、初めて会った時は弱そうに見えて、実は強かったから驚いたな。だがそれとこれとは別だ。人は魅力的なものに惹かれるんだ。気を付けるに越したことはない」

「はぁ……、こんな貧弱な僕が魅力的なわけないだろう。ったく、アルディーンはリップサービスが過ぎるんじゃないか？」

「お前の自覚がなさすぎるんだと思うぞ？」

そう言いながら、アルディーンは晴希の手首を摑んだかと思うと、そのまま人混みの中を歩き始めた。これでは本当に子供扱いだ。迷子になるとでも思われているのだろうか。

そう思って、文句を言おうとした途端、彼が振り返ってきた。

「向こうに車がある。実は最近買い換えたんだ。晴希に早く助手席に乗ってもらいたくて、年甲斐もなく、少しうずうずしている。せっかちだと思わないでくれ」

笑顔でそんなことを言われたら、言いたかった文句も引っ込んでしまう。

すぐに駐車場に停まっているメタリックブルーのフェラーリが目に入った。

「え、あれを買ったのか？」

「投資で少し儲かったからな。買い換えたんだ。前にお前が道を走っていたフェラーリに目を奪われていただろう？」

「え？」

気付かれていたことに驚く。晴希は王女であるので車の免許をとってはいなかった。だが、子供の頃は男の子らしくスポーツカーに憧れ、いつか乗りたいと夢を見ていた。

「もしかして違ったか？」

アルディーンが少しだけ不安そうに尋ねてくる。こんな自信の塊のような男が、不安そうに顔を歪めることに、つい笑ってしまった。

「アルディーン、そんな顔をするほどのことじゃないだろう？　間違ってないよ。フェラーリは子供の頃から憧れていたよ。君がそれに気付いていたことにちょっと驚いたんだ」

「フン、意外と観察力は鋭いんだ。私を見くびるなよ」

「見直したよ」

そんな偉そうなことを冗談で言い合いながら、アルディーンが車のドアを開けてくれたので、晴希は礼を言いつつ車に乗り込んだ。アルディーンも運転席側に回り、車に乗り込む。フェラーリは低いエンジン音を響かせ、滑らかに発進した。

今日は海岸沿いをドライブする約束である。車は好きだが免許を持っていない晴希を、気晴らしでもしよう、とアルディーンがよくセッティングしてくれるのだ。

離宮で軟禁生活をしている晴希にとって、アルディーンが誘ってくれるドライブは、自分が王女であることを忘れさせてくれる楽しいひとときでもある。

車は広場を出て少し街中を走ると、海岸沿いの道路へと突き当たる。海岸線と並行して延びる道路は、潮風を感じて走るにはちょうどよかった。

公用車の窓から見える景色と、こうやってアルディーンの運転する車から見る景色は全然違う。後者のほうが目に入る景色の色も光も断然輝いているように思えた。

やがて、青い海に真っ白な橋が架かっているのが見えてくる。世界で何番目かに長い橋の先には人気のリゾートアイランドがあり、そこのコテージはかなり豪華で、いつもセレブな観光客でにぎわっていた。

耳を傾けると、カーラジオから流れる音楽は、古き良き英語圏の音楽、オールディーズで、一瞬ここがアラブの一国だということを忘れそうになる。そして同時に自分の抱える問題もほんのひとときではあるが忘れることができて、心が軽くなった。

リラックスしたのを見計らったかのようにアルディーンが話し掛けてくる。こういう間合いの取り方も、この男と一緒にいて楽だと思えるところだった。

「晴希、今日は変わったハーブティーを飲ませてくれるカフェへ行こうと思うが、いいか？　あるホテルが集客目当てで始めたらしいが、かなり評判がいい」

「面白そうだね。だけど、僕の国なのに、アルディーンのほうが何かと知っているって、なんだか複雑かな」

「まあ、私は旅行好きだからな。色々調べる機会が多いのさ」

そう――。アルディーンは旅行が趣味だ。父親がかなりの財産家であるお陰で、働かずに世界中を回っているらしい。だが、どこの何という家の人間なのかは知らなかった。

今までその手の話題を避けてきたせいだ。晴希自身が自分のことを偽っているのもあり、家のことを聞かれたくなかったので、彼の家のことも聞かずじまいになってしまっていた。

それでも考え方が似ていたり、好きなものが一緒だったり、話していると面白かったり……。そんな些細なことが幾つも重なって、彼とは親友と呼べるほどの仲になっていた。

お互いの出自など関係ない――。

晴希はそう自分に言い聞かせながら、再び視線を橋へと向けた。

＊＊＊

アルディーンは隣の晴希がドライブを楽しんでくれていることに喜びを感じながら、ちらりとバックミラーを見た。二台後ろには従者やボディーガードらが乗った黒塗りのベンツが映っており、しっかり後をついてくる。

今回このオルジェ王国に来る前に、従者、ハサディに渋い顔をされたのを思い出した。

『殿下、またご身分をお隠しになって出掛けられるのですか？』

『晴希も隠しているのだから、お互い様だ』

『晴希殿下とは状況が違いますよ』

『フン、逃げられたくないからな。もう少し彼を雁字搦めにしてから、名乗っても遅くはないだろう？』

『殿下、性格の悪さが笑みから滲み出ておりますよ。くれぐれも晴希殿下を怖がらせませんように』

乳兄弟でもあるので、言いたいことを口にするハサディを軽く睨む。

実はアルディーンは晴希の国、オルジェ王国の近隣にあるデルアン王国の第五王子で、正式にはカフィール・アルディーン・ビン・ハディルといい、一般には『カフィール殿下』と呼ばれている。

アルディーンというのは、幼い頃に亡くなった母が気に入っていた名前で、親しい人間にしか呼ばせていない愛称みたいなものだ。晴希にはこちらの名前を教えている。

晴希・ビント・サフィル・シャンターナ――。

表向きは七年前に初めて会ったことになっているが、実はもっと前、今から十五年前、アルディーンが九歳の時に、二歳年下の晴希に一目惚れしてから、ずっと彼に恋をしている。

相手は王女として育てられているといっても王子。恋を成就させるのはなかなか難しいと自分でも思っているが、諦める気はさらさらない。

現在も二週間に一回は身分を隠し、晴希に会いに来ていた。さすがにアルディーンがイギリスの大学在学中は一ヵ月に一回くらいしか晴希に会いに来られなかったが、友人らからは、『一ヵ月に一回も、か！』と突っ込まれた。だが、アルディーンにとっては『しか』だった。

それくらい晴希に会いたかった。いや、会わなければ知らないうちに彼がどこかへ消えてしまうのではないかという不安がいつもあった。

男である晴希が王女を演じるのも限界があるはずだ。いずれは彼が何らかの形で、終止符を打つはずであることは、アルディーンにも簡単に予想がつく。

そのタイミングを見逃してはならない。彼からの信号を見落とすことなく拾い上げて、先手を打つ。さもなくば強引に奪うしかないと思いながら、彼の動向を窺うためにも、まめに会う必要があった。

絶対に射止めてやる。

改めて心に刻んだ時だった。晴希の声が耳に届いた。

「……ディーン、アルディーン」

「あ、どうした？」

「急に黙ってしまったから、何かあったのかと思って。もしかして、何か気がかりなことでも？」

「いや、ハーブティーを飲んだ後、そのままドライブを続けて、ルハンブラ岬で夕日を観ようかと。だがお前の門限もあるから、時間的に間に合うかどうか悩んでいたんだ」

晴希は夜七時という、二十二歳の男としてはかなり早い門限で帰らなければならない。

晴希は少し思案した様子を見せ、そして小さく笑った。

「……少しくらい遅れても大丈夫だ。アルディーンが考えてくれたプランで行こうよ」

だがその答えに、アルディーンは違和感を抱かずにはいられなかった。今まで晴希が門限に対して遅れてもいいと言ったことはなかったのだ。

何かある――――？

アルディーンは晴希の言動を注意深く探ったのだった。

＊＊＊

晴希は無事にルハンブラ岬で夕日を観た後、門限に少し遅れて王都へと戻ってきていた。

「アルディーン、今日はありがとう」

昼間に待ち合わせしたモスク前の広場に到着し、晴希は急いで車から降りる。すると運転席からアルディーンが降りてきて晴希の手を摑んだ。

「今日は門限に遅れてしまったんだ。家まで送ろう。ここから近いんだろう？」

彼の真剣な眼差しについ首を縦に振りそうになったが、晴希は強い意志で首を横に振った。本当はここから近くはない。まだ今からタクシーに乗らなければならなかった。

その事実と晴希が実は離宮に住んでいることが彼に知られたら、取り返しのつかないことになりかねない。

「母が……外国人嫌いなんだ」

そう言うのが精いっぱいだった。

「……そうか。そういうことなら無理強いしても困らせるだけだな。じゃあ、また」

『また』と言われ、晴希は胸がぎゅっと縮むような思いがした。

こうやってあと何回彼と会えるかわからない。晴希王女でなくなったら晴希は、しばらく身を隠す予定だ。それに名前も変えて、まったく違う人物になり替わるつもりでいる。

そうした一連の行動の理由を上手く説明できない限り、アルディーンに会うのも難しくなるだろう。

立つ鳥跡を濁さず。

母が教えてくれた日本のことわざだ。『晴希』という人物を綺麗に消すことが、今後の成功の鍵を握る。

　そのためにも晴希の顔を知っている人間とは、綺麗に縁を切ったほうがいいのだ。

　アルディーンにあと、何回会えるだろう――。

　考えるだけで、寂しくて胸が苦しくなった。初めてできた親友とは本当に別れがたい。

「アルディーン……」

　晴希は叶うかどうかわからない夢を口にして、寂しさを埋めた。

「またオルジェ王国に来たら、連絡してくれ。時間を空けるよ。今日は君にドライブに連れていってもらったけど、今度は僕が動物園を案内するよ。先月、新しく動物園が開園したんだ」

「動物園か、まるでデートみたいだな」

　間近でアルディーンが気障ったらしくウィンクをして見せた。

「デートみたいって……。どうせ僕は世間知らずだよ。それくらいしか君に案内することができないさ」

　二歳しか違わないのに、アルディーンに大人の余裕を見せつけられたような気がして、子供っぽくもあるが、つい拗ねてしまう。すると彼が困ったような表情を零した。

「気分を悪くさせたなら謝るから、許してくれないか？　実は動物園はあまり行ったことがなかったから、嬉しいんだよ。なかなか行く時間がなかったから」

そう言って、そっと晴希の頬に唇を寄せた。

トクン……。

晴希の胸が動揺したせいか、甘く鼓動を鳴らす。

「あ、あの、ア、アルディーン、前もちょっと言ったと思うけど、男同士で頬にキスするの、少し抵抗があるんだけど……」

「ああ、義弟の母がロシア人でな。その人によくしてもらったから、ついロシア式の挨拶が身についてしまったんだ。すまないな。気を付けているが、習慣化してしまっているから、またキスをしてしまうかもしれない」

本当だろうか。確かにすぐ下の義弟の母がロシア人だという話は以前にも聞いたことがある。それにしてもこの過剰なスキンシップには、なかなか慣れない。

「嫌だったか？」

躰を屈め、怒られたわんこのようなしょんぼりとした顔で晴希を覗いてくる。

「う……、嫌ってほどじゃないけど、心臓に悪いというか……」

「じゃあ、もっと慣れればいいさ。きっと何度もすれば、普通になる」

「いやいやいや……なんだか君に言い包められている気がするけど？」

「ははっ、ばれたか。だけど親友の晴希とはもっと心を許した間柄になりたいと思っているのは本当だよ」

親友――。

その言葉に弱い晴希であった。嬉しくて顔がにやけてしまいそうになり、慌てて下を向く。そしてこんな時だからこそ、素直に自分の気持ちを口にした。

「ありがとう、アルディーン。僕、本当にあまり家から出たことがなくて、友達は本や家庭教師ばかりだったんだ。君がいつも僕の新しい世界を開いてくれる。世界は広いんだって教えてくれる。感謝してもしきれないよ、アルディーン。こんな僕と親友になってくれて、本当にありがとう」

「何を改めて……ったく、お前は。そんな今生のような別れのようなことを言うな」

アルディーンが堪らないといった様子で、荒々しく晴希を抱き締めてきた。

「アルディーン？」

「この一週間だけでいい、毎日お前に会いたい。私もスケジュールを変更して、しばらくこの国に留まる」

「急に何を……」

「お願いだ、晴希」

晴希の言葉に被せるようにして、アルディーンが声を絞り出してきた。彼も何かを感じ取っているようだ。

晴希は改めて自分は策士には向かないと思い知った。すぐに感情が顔に出るのは致命的

だ。

「晴希……」

切ない声で名前を呼ばれ、晴希は顔を上げた。アルディーンにはできるだけ誠意で応えたい。

「毎日は無理だけど、できるだけ今週たくさん会えるように時間を作るよ。また連絡する。じゃあ、もう時間がないから」

そっと彼の腕から逃れる。アルディーンの手にはもう力が入っておらず、するりと解けた。

「さようなら、アルディーン、また」

『また』という言葉に力を入れる。これで最後にしたくないという晴希の思いを込めたのだ。

「ああ、また……」

アルディーンの返事に、晴希は笑みを零し、そのまま踵を返した。一刻も早く、離宮に戻らなければならない。その一心で、前を向いて走ったので、自分の背中をアルディーンがいつまでも見ていたことに気付けなかった。

＊＊＊

走り去っていく晴希の後ろ姿を見ながら、アルディーンは従者の名前を口にした。

するとアルディーンが今まで運転していた車の少し離れたところに停まっていた黒いベンツから数人の男が出てくる。ボディーガードだ。そのうちの一人が「ここに」と傍までやってきた。従者のハサディだ。

「父上に至急連絡を取る」

「どうかされましたか？」

ハサディの表情が一瞬鋭くなる。

「以前から父上に願い出ていたアノ件を、実行に移していただく」

「晴希殿下のことでございますか？」

「ああ、晴希の様子がおかしい。逃亡するやもしれん。しばらく彼の見張りを増やせ」

「かしこまりました」

すぐにハサディがどこかへ電話をし、手配をし始める。そして一分もしないうちに電話を切り、アルディーンに再び視線を向けた。

「手配完了です」

その声にアルディーンはちらりと視線を遣り、再び晴希が消えた人混みへと視線を戻した。

「……晴希を本来の姿に戻し、自由を尊重してやりたかったが、そうも言っていられない事態のようだ。仕方あるまい。ここで手を打っておかないと、取り返しのつかないことになりかねない。晴希にはかわいそうだが、逃げられるよりはましだ。私とて、もう十五年も片思いをしているのだからな。いい加減報われてもいいと思わないか？」

「少々強引かとは思いますが、晴希殿下を本気で手に入れられるおつもりなら、今動くのが最善かと思います」

「そうだろう？　ハサディ」

アルディーンは人の悪い笑みを浮かべたのだった。

◆　Ⅱ　◆

王都の郊外にある、現国王が第三王妃のために建てた、通称『緑の離宮』は、朝になると木陰を求め、多くの小鳥たちがやってくる。

晴希は毎朝、小鳥たちの、餌が欲しいと窓ガラスを突く音で目を覚ますのだが、今朝は乳姉弟のサーシャの声で目が覚めた。

「晴希様！　晴希様！」

扉をどんどん叩いて、名前を呼んでいる。普段そんなことなど絶対しないサーシャに、俄かに不安を感じ、晴希は慌てて部屋から出た。

「サーシャ、どうかしたのか？」

「晴希様、早くお着替えになって、妃殿下様の許へいらっしゃってください。至急のお話があるそうです」

「至急って……、こんな朝、早くから？」

「はい、大至急です」

母に何かあったのだろうか――。

晴希は言われるまま、急いで着替えて母の部屋へと向かった。

部屋へ入った途端、母が駆け寄ってきて、晴希を抱き締めた。その様子に不安は募るばかりだ。

「晴希！　どうしましょう」

「一体、どうされたのですか？　母上」

「早朝、陛下からの使者がやってきて、あなたに結婚の話があると伝えてきたの」

「結婚！」

確かに昨日父王は、そろそろ婿がどうのこうのと言ってはいたが、昨日の今日、早速縁談を持ってくるとは思ってもいなかった。

父王がまったく晴希のことを男だと疑っていない証拠でもあるので、喜ばしいことではあったが、それが縁談、結婚というゴールに繋がるとなると話は別である。

「はぁ……、やることが早いと国民に人気の父王であるが、こんなことまで早く話を進めなくてもいいのに……。とにかく、母上、断る方向で父王にお話ししましょう。まだ色々と準備ができていませんし、なんといっても急すぎます」

「ええ、そうよね。でも晴希、陛下のことを悪く思わないでね。陛下もあなたのことが心配で仕方ないのよ。病弱でこの離宮に隔離してしまっているように思われていて、いつも気にされているの。だから、きっと縁談を急いで持ってきてしまったのだと思うわ」

母も夫を庇いつつも大きく溜息を吐く。

「わかっていますよ。穏便に断るよう努力します」

そして晴希も大きく溜息を吐いたのだった。

昼過ぎには父王が従者を伴い、離宮へとやってきて、すぐに晴希を呼び出した。

「ですから、お父様、わたくしは以前、病弱で一生を神にささげようと思っていますから、結婚はしないと宣言致しましたよね？　お父様もあの時、わたくしを哀れんで、認めてくださったではありませんか。それを突然縁談などと……わたくしは嫌でございます」

晴希は姫を演じ、父王と対峙した。娘に甘い父王も、晴希からこんなに嫌がられると思っていなかったのか、少々困惑した様子を見せた。

「しかし、姫よ。この縁談は姫にとっても、またとない良縁だぞ？　何しろ、相手は近隣で一番豊かなデルアン王国の第五王子、カフィール殿だ。彼はなかなか優秀な王子だと聞く。それに、姫が病弱であることも承知と言われておる」

どちらにしても相手が晴希を女性だと思い込んでいることには違いない。

「どうだ、姫。どうにか結婚に前向きになってくれんだろうか。我が国にとっても、両国の親睦（しんぼく）を深めるにおいて、とてもよい縁談なのだ。お前もきっと幸せになる。いや、これ以上よい縁談などないと思うぞ」

父王の有無（うむ）を言わせぬ推しに、母と晴希の顔も青くなるばかりだ。

どうにか縁談を断ろうとしても、父王は頑（かたく）なにこの縁談を良縁と言って推し進めようとしてきた。断れるなどと考えていた自分たちが甘かったと思い知るしかない。

その後、父王は半ば強引に話を進め、満足そうに帰っていった。要するに晴希と母が押し切られた結果となったのだ。

「そんな莫迦（ばか）な……」

母の部屋に戻って屍（しかばね）と化した晴希に、母がティーカップに緑茶を用意してくれる。心をリラックスさせる時によく飲む、母の祖国のお茶だ。

「デルアン王国の第五王子って言っていたわね。どんな方なのかしら」

母の言葉に、晴希はお茶を飲みながら、スマホで簡単に調べてみる。だが、さすがに王族のプライベートな情報は出てこない。

「はぁ……父王があんなにも頑固とは……」

「罪滅ぼしのつもりなのよ、きっと」

「父王、本当に僕のことを姫だと思い込んでいるんですね。上手く騙せていたのはいいけど、その結果、男なのに嫁に出されてしまうなんて、どこの笑い話だか……」

頭痛がしてくる。大体、相手がどんな人間かわからないが、このままでは晴希が男ということがばれてしまう。嫁が男であったことでデルアン王国との親睦にひびが入ったら大変だ。

それに、今まで国王を騙していたとなれば、いくら寵愛する第三王妃でも、何等かの処罰が下されるに違いない。特に第一王妃は日本人である母のことを嫌っており、普段でもそれを隠さないいし、会えばいつも嫌みを口にする。そこから考えても、これを機会に母を苛め倒すのは目に見えていた。

晴希にとって、自分のことよりも、母がどうにかなることだけは避けたい。晴希は心を決めた。

「母上、ここは以前から計画していた『晴希王女が病気で急死』というのが、一番穏便に片付くような気がします」

「晴希……」

母の瞳が途端、心配そうに揺れた。

「元々、近日中にでもそうするつもりだったのです。ただ、母上と親子という縁が切れてしまうことに未練があっただけで、いつでも実行する覚悟はありました」

「でも病死なんて、急に偽ることは難しいわ」

「確かにそうですが、話がこれ以上進まないよう、一刻でも早く動かなければなりません。少々強引ですが、乳姉弟のサーシャに頼んで、僕の死体役を演じてもらうというのは、どうでしょう？」

「サーシャに？」

「ええ、幸い僕の顔を知っている人間は少ないです。それに知っている人は、皆、味方で、今回の作戦を手伝ってくれるでしょう。後はなるべく他人が死体へ近づかないようにして、サーシャが生きていることに気付かれないようにすれば……」

急に思いついた作戦で、色々と抜けているところもあると思うが、今はこれを成功させるしかない。とにかく縁談をこれ以上進める訳にはいかなかった。

「わかったわ。晴希、あなたが言うように、作戦を進めてみましょう。いつかは通らなければならない道なのだから、今、決断するしかないわ」

「母上……」

晴希が声を上げると、その声に促されるように母の手が頰に伸びてきて、そっと触れた。

「晴希、まずは今夜からその身をしばらく隠しなさい」

いきなりの母の具体的な言葉に驚く。母も腹を決めたということだろう。

「しかしこちらの手配も大変なのでは……」

「こちらのことは何とかします。あなたのことが一番気がかりなの。取り敢えずどこかのホテルに落ち着いたら連絡をして。それまでにわたくしはあなたの侍女長の孫としてのパスポートを造り、日本までのエアチケットを調達しておきます」

「日本って……」

「わたくしもあなたの今後のことを色々考えていたの。しばらく日本で身を潜めて、ほとぼりが冷めた頃、侍女長の孫として、この離宮に戻ってくることを約束してちょうだい。その約束を心の拠り所として、わたくしもあなたに会えなくとも、我慢して強く生きていくわ。さあ、そうと決まれば、すぐに用意を。時間がないわ」

「わかりました。母上もお気をつけて」

「ええ、大丈夫よ。晴希、落ち着いたら必ず連絡を」

晴希は立ち上がり、母に一礼するとすぐに退室した。

夜も更けた頃、晴希はいつもお忍びで街に出る時と同じ男の恰好をして、離宮から出た。母のことが心配で後ろ髪を引かれる思いだったが、振り切ってタクシーに乗る。取り敢えず観光客がよく利用する王族とは縁のないホテルを行き先として告げた。

いつか来るだろうという日が、今日、突然やってきた。あまりにも急で、頭が追い付かない。だが、他国の王族との縁談だけは絶対に避けなければならない事案だ。何か手落ちがあっても、今のこれが最善だと自分に言い聞かすしかなかった。

とにかく落ち着いて、これからのことを考えなければ……。

そう思った刹那、アルディーンのことを思い出す。

『この一週間だけでいい、毎日お前に会いたい』

昨夜、別れ際に彼が口にしてくれた言葉。同じ男なのにドキッとしてしまった。女性ならきっと恋に落ちるくらいの衝撃だろう。

無駄にフェロモンを振り撒く友人ではあるが、あんな風に強く別れを惜しんでくれるとは思っていなかった。それが嬉しくて、そして少し寂しい。

もう二度と会えないのかな……。

せめて最後にもう一度、アルディーンに会いたかった。

タクシーの窓から夜空を見上げる。まだこのオルジェ王国の王都にいると言っていた。この夜空の下に、アルディーンがいるのだ。そう思うだけで胸が痛くなった。

会いたい――――。でも、会ってはいけない。

彼を心から排除しようと視線を夜空から外した。

「いつか……彼にきちんと説明して、会える日が来るといいな……」

晴希は小さく呟くと、夜空を避けるかのようにそっと目を瞑った。

しばらく走るとタクシーは滑るように観光客に人気の外資系ホテルのエントランスへと到着する。晴希は観光客に紛れるようにして、ホテルの中へと入ろうとした。だが。

「晴希！」

聞き慣れた声で呼び止められた。

「……ア、アルディーン」

そこには、もう一度会いたいと願っていた彼がいた。

「よかった、間に合って」

そう言いながら、アルディーンは晴希の手を取って、どこかへ連れて行こうとする。

「アルディーン、どうしてここに？」

尋ねても答えが返ってこない。

「アルディーン？」

そのままエントランスを過ぎ、路肩に停まっていたシルバーのリムジンの前まで行くと、やっと彼がこちらへ振り返った。そしてふわりと笑う。どうしてか、アルディーンのその笑みに違和感を覚え、どこか怖いようなイメージを抱いてしまった。

「アルディーン……？」

「晴希がまた連絡をくれると言ったが、我慢ができずに直接会いに来てしまった」

「え？」

一歩退きたくなるような圧を覚え、晴希の躰が無意識に引いてしまう。

「お前が消えてしまう前に、この腕に捕らえようと待っていたんだ」

「捕らえる？」

「ああ、逃さない」

アルディーンの強い響きを持った言葉が発せられたと同時に、いきなりリムジンから数人の男たちが飛び出してきた。

「あっ！」

男たちに捕らえられ、車に引きずり込まれる。その後に続いてアルディーンが隣に乗り込んできた。これでは逃げることができない。素早く車内を確認すると、運転手の他にボディーガードらしき男たちが三人乗っているのがわかった。

金持ちの息子とは聞いていたが、余程の身分なのだろうか。晴希は訳がわからず、彼に問いただした。

「どういうことなんだ、アルディーン。こんなの誘拐みたいじゃないか」

だが彼は晴希の動揺とは裏腹に、ゆっくりと落ち着いた様子で返答をした。

「お前が逃げようとしたから少々強硬策を取らせてもらっただけだ。もう少し我慢してくれれば、お前のいいようにできたものを……まあ、今更言っても仕方ないか……」

「なんの話だ？」

「これからの私たちの話だ。まあいい。お前の悪いようにはしない……」

アルディーンの指先が晴希の頰に触れてくる。晴希はキッとアルディーンを睨み上げた。

「説明してくれないか、アルディーン」

「説明か……。お前こそ私に説明することはないのか？」

「え……」

アルディーンが知るはずがないと思うのに、晴希の心臓がひやりとする。だが嫌な予感ほど当たるというのは本当で、彼の次の言葉に、晴希の鼓動が止まりそうになった。

「お前はオルジェ王国第四王女、晴希だろう？」

「な……ちが……」

慌てて否定しようとした。だが、アルディーンはそれを許さなかった。

「嘘の言い訳はいい。お前とは七年前に会ったが、本当は子供の頃に晴希王女に会ったことがある。お前と七年前に会った時、すぐにお前があの時の晴希王女だとわかった」

「僕と子供の頃会ったことがあるって……どうして今まで黙って……」

思わぬ過去に血の気が引くような思いがした。

「晴希が忘れているようだったから、敢えて言わなくてもいいかと思っていた」

「なら、どうして今まで君は僕が王女であることを知っていると、教えてくれなかったんだ。僕は……僕はっ……」

僕はアルディーンにいっぱい嘘を吐いてしまった――。

アルディーンはそれを嘘だと知っていて晴希を受け入れ、友人でいてくれたのだ。

自分の不誠実さに胸が抉られるようだ。

「お前が言わなかったからだ。お前が言わないのなら何か事情があるのだろうと、私も敢えて聞くのをやめた。その代わり、こちらもお前がどうして王女として育てられることになったのか、それなりに調べさせてもらった」

「あ……」

何もかもアルディーンに知られてしまったのだろうか。

「お前が産まれた頃、この国の幼い王子が次々と命を落としていたことを知った。たぶんそれが、お前が女として育てられた理由の一つだろうと推察した」

「っ……」

そうだ、その通りだ。母は見えない刺客から守ろうとしてくれた。

だが、それはアルディーンには関係ない話だ。彼を騙していいという理由にはならない。

　これ以上彼に嘘を吐きたくないという思いが勝り、晴希はとうとう折れた。

「ごめん……」

　アルディーンの凜々しい眉がぴくりと動いたのを目にしながら、晴希は言葉を続けた。

「ごめん、アルディーン。どう言い繕っても、結果的に君を騙すことになってしまったのは事実だ。弁明の余地はないかもしれない。ただ、君といると普通の、何のしがらみもない一人の人間になれたような気がして、王女であることを忘れられたんだ。ここにいたのは王女の僕じゃなくて、素の僕だったから……」

　アルディーンが知らない世界を見せてくれて、晴希はどんなに心が軽くなったかわからない。王女を演じ、皆を騙しているという日々は思う以上に晴希にとって重圧が掛かっていたのだ。

「君の用意してくれた時間があまりにも心地よくて、その時間を失いたくなくて……。だから本当のことが言えなかった」

　呆れているのか、アルディーンは黙って晴希の話を聞いているだけだ。

　嫌われたに違いない。もう二度と会えないのかもしれないのに、こんな結果になってしまった二人の間柄に、今はもう胸を痛めるしかなかった。

　修復したくとも、修復する時間が、晴希には残されていない。

晴希は心を引き摺られながらも、気持ちを切り替えようと、今やるべきことに集中した。

「アルディーン、すぐそこでいい。車から降ろしてくれないか？　少し問題が起きていて、身を隠さないとならないんだ」

「問題とは何だ？」

彼から鋭い声で質問される。一瞬答えるのに躊躇いを覚えたが、ここでまた隠し事をしては、完全にアルディーンとの友情を失ってしまうような気がした。晴希にとって、今それが一番怖い。

晴希は正直に今の自分の状況を打ち明けた。

「父はまだ僕が男であることに気付いていなくて、王女としての僕を心配するあまり、隣国の王子との縁談を進めているんだ。このまま男の僕が嫁いだら、両国の関係にヒビが入って、下手をしたら国際問題になる。縁談が進む前に晴希王女を消さなければいけないんだ。そのためにしばらく僕も身を隠すことになった」

「――どこへ隠れるつもりなんだ？」

アルディーンの声が一際低くなったかと思うと、手首をきつく摑まれた。

親友であるはずの男とは別の顔を垣間見た気がして、晴希は自然と声を震わせる。

「ア……アルディーン？」

鷹のように鋭く、黒い獰猛な瞳とぶつかった。

＊＊＊

アルディーンは自分の中で、カッと怒りが湧き起こったのがわかった。晴希の躰が小さく震えたのが、摑んだ手首越しに伝わってくる。どうやら彼にもこの怒りが伝わったらしく、怖がらせたようだ。

だが容赦するつもりはなかった。たとえ結婚相手がアルディーンだと知らなくとも、逃げようとした晴希を簡単に許すつもりは毛頭ない。

彼の手首を強く握って睨みつけていると、従者のハサディが声を掛けてきた。

「カフィール殿下、もうすぐ真紀子王妃の離宮に到着致します」

ハサディらしい気遣いだ。このままだと埒が明かないとばかりに、わざと『カフィール』という名前を口にしたのだろう。その証拠に晴希には効果てきめんだったようで、目を見開いたまま、しばらく固まってしまった。そしてようやく震える声で尋ねてきた。

「カフィール殿下？　まさかデルアン王国の第五王子、僕の結婚相手の……」

「そうだ」

「な……アルディーン……どういうことだ？　君はアルディーンだよな？」

「ああ、そうだ。だが、人は私のことをカフィールとも呼ぶ」

「ひゅっ……」

晴希の喉から小さな悲鳴みたいな声が漏れた。

「お前は私から逃げようとしていたのか？」

「逃げようって……、アルディーン、君こそどうして偽名を使っていたんだ！」

「偽名じゃない。本当の名前だ。親しい人間にだけ呼ばせているものだがな」

晴希の顔が益々蒼白になる。可哀想に思えるほどだ。

「……子供の頃に僕を見掛けたことがあるって言ったけど、なら、どうして僕との結婚話が上がった時、断らなかったんだ？　君は晴希王女が僕だと知っていたんだろう？　なら、デルアンの国王に断ればよかったじゃないか」

「それをお前が言うか？　お前は男であることを隠しているんだろう？　私が晴希王女は男だから縁談を破棄したいと言ってよかったのか？」

「そ……それは……な、まさかアルディーン、君は僕の嘘がばれないように、縁談が断れなかったと言うのか？」

「すまない。失言だった。お前が理由じゃないから気にするな。私が断らなかったのは両国のためだ」

「嘘だ……君は僕に気を遣って……」

「嘘じゃない。デルアン王国とオルジェ王国の関係がより強くなるのを私は望んでいる」

「そのために君は男と結婚するのか？　莫迦な。おかしいじゃないか」

「おかしい？　そうかな？　私やお前にとって、これが一番いい方法じゃないか？」

「一番いい方法？」

晴希が怪訝（けげん）な顔をして首を傾（かし）げた。その様子が可愛（かわい）いと、こんな時でも思ってしまう自分は、相当晴希にイかれている。だからこそ、このチャンスを絶対に逃す訳にはいかなかった。言葉を注意深く選んで、二度と彼が逃げられないようにがっちりと捕まえるのだ。

「ああ、お前は男だとばれずにいられる。私は親友であるお前とずっといられるし、両国の絆（きずな）がより固くなれば、無駄な争いも避けられるだろう？　いいことづくしだ」

「いいことづくし？　本気で思っているのか？　確かに君の言うことにも一理ある。だが僕の嘘を隠すために縁談を断れなかったのは事実だろう？　なら、他に何かいい方法があるんじゃ……」

「これ以上いい方法はないと思うが？」

晴希の手を摑む力が自然と強くなる。何か不穏な空気を感じたのか、彼が心もとなげに、アルディーンの顔を見上げてきた。

「私がお前を救ってやる」

「アルディーン……」

「だから、晴希王女を消して、お前が一時的であれ、身を隠すことなどするな」

そんなことをされたら、晴希との結婚が難しくなる。それに自分に縛り付けておくことができない。彼が王女であるからこそ、アルディーンも周囲を納得させられるのだ。

晴希の表情が僅かに曇る。

「だが、たとえそうだとしても、そんなことはできない。君を巻き込むなんて……」

逃げようとする晴希を何としてでも引き留めなければならない。ならばもう一つの手で口説くだけだ。晴希をこの腕に捕らえるために――。

アルディーンは晴希を惑わせるため、そっと笑みを浮かべた。

「だから私は別に構わないと言っている。それにお前が晴希王女という立場を捨てて逃げたりしたら、母上と会うのもしばらくは難しくなるんじゃないか？　お前の母上は躰が弱いと聞く。お前が逃げている間に母上に何もないとは限らない。それでもいいのか？」

「え……」

晴希の顔色が変わる。やはり母のことは気になるらしい。あともう一押しだ。

「晴希という人物を消すということは、親子関係もなくなるということだ。お前にも何か考えがあるのかもしれないが、他人である男のお前が、王妃に会うには制限が出てくる。それなのに頻繁に会っていたりしたら、密通などの疑いを掛けられるやもしれない。そうなったらもっと大変なことになるぞ」

「密通……。確かにそうだが……。だが、アルディーン……」

「長い間、会えなくなってもいいのか？」

「っ……」

「晴希という人物を消すということはそういうことだ。結局は会えなくなって、お前の母上を悲しませることになる。それよりもこのまま晴希王女として、私と結婚することが、母上にとっても一番の幸せの道ではないか？」

　晴希の視線が伏せられる。彼が悩んでいるのが手に取るようにわかった。

「……どうしたらいいのか、わからないんだ」

「私に任せておけば、大丈夫だ」

「結婚したほうが、母に気苦労を掛けさせないのだろうか……」

「ああ、そうだ。きっと安心される」

「だが、本当にいいのか？　君に何か負担にならないのか？」

　こちらが企んでいるとは知らず、晴希は自分のせいでアルディーンが結婚をしなくてはならなくなったと誤解しているようだった。

「大丈夫だ。問題ない」

　アルディーンはそう言いながら、摑んでいた手首を放し、代わりに晴希の指をそっと握った。そしてそれを持ち上げ、指先に軽くキスをする。

「晴希、私と結婚をしてくれ」

「アルディーン」

「お前を幸せにする」

晴希の指先がじわりと熱くなったような気がする。じっと見つめていると、彼が視線を逸らし、そっと頷いた。

「まだ何が一番いいのかわからない。迷うばかりだ……」

そう答えて、再びアルディーンに視線を合わせてきた。

「でも僕も男だ。偽装であっても結婚するなら、アルディーン、君をできるだけ幸せにするつもりだ」

「男前だな、晴希、惚れてしまいそうだ」

もう惚れているが。

アルディーンの言葉を冗談だと受け止めたのか、それまで表情を曇らせていた晴希がやっと笑った。

「だから、その……きっかけはどうあれ、結婚するなら末永くよろしくお願いします」

その何とも可愛らしい言い方に、アルディーンはノックアウトされた。

「晴希！」

思わず晴希を抱き締めてしまう。怖がらせないように節度を保っていたつもりだったが、我慢ができなかった。

するど彼からも恐る恐るといった感じで、背中に手が回ってくる。

「アルディーン、君は本当にスキンシップが激しいよな。ロシア人の義母上の影響だって言うけれど、結婚するなら僕も慣れないといけないなぁ」

「ああ、慣れてくれ。私は気を許したお前にはスキンシップが激しいからな」

忠告だけしておく。淫らな劣情を抱いていることを知ったら、可愛い小鳥はあっと言う間に逃げてしまうかもしれない。そのためにも己の欲望は結婚するまでは注意深く隠さなければならなかった。

だが、悟られないように、少しずつ彼の退路を塞いでいくのは、得意だ。

アルディーンは抱き締めた晴希には自分の表情が見えないのをいいことに、人の悪い笑みを浮かべたのだった。

この夜、アルディーンは晴希を伴い、彼の家でもある第三王妃の離宮へと向かった。

身を隠すはずだった晴希が、突然戻ってきたことに第三王妃は驚きを隠せなかったが、晴希が、アルディーンと共謀し、王女として嫁ぐことになったと説明すると、不安げではあったがどうにか納得してくれた。

　そして秘密が他者に漏れないようにするために一刻も早く結婚しようと晴希を急かし、アルディーンは画策通り、異例の早さで晴希と式を挙げることになった。

◆ Ⅲ ◆

コーランを唱える声が、デルアン王国王宮の広い玉座の間に厳かに響き渡る。

細かい装飾が施された乳白色の壁に嵌ったステンドグラスから、きらきらと何色もの光が零れ落ち、豪奢な黄金の絨毯の上に模様を作っていた。

天井を見上げれば、そこはドームになっており、職人の技によって生み出された幾何学模様のモザイクタイルで、びっしりと埋め尽くされている。

現代のアラビア建築の贅を尽くした広間に敷かれた祭典用の絢爛豪華な絨毯の上に、晴希はアルディーンと二人、立ち膝で並んでいた。

アルディーンはアラブの民族衣装、真っ白な絹のトーブの、襟元と袖口に細かな金糸で刺繍が施されているものを着ていた。

更に王位継承権所有の証、『星継の剣』が婚礼用の煌びやかな鞘に納められ、腰に下げられている。

一方、晴希はアルディーンと同じく、上質な白の絹のアバヤに、真珠やダイヤセンドを縫い付けた透ける絹の織物(おりもの)、金紗(きんしゃ)を重ねたものを着ていた。マニキュアを施された手足には、ヘナで美しい模様が描かれた上に、小粒のダイヤモンドがちりばめられている。まるでその一つ一つが芸術品のようだ。

被る(かぶ)ヴェールは相変わらず目元しか開いていないニカブであるが、いつもの黒い布ではなく、宝石を縫い付けた金糸のレースを重ね合わせたものだったので、顔が透けて見えてしまう。いくら化粧を施したといっても、いつばれるかと、晴希はハラハラしながら顔を下に向けていた。

手に持つブーケはすべて宝石で作られており、中心にはピジョンブラッドと言われる高価なルビーが惜しげもなく細工され、薔薇(ばら)のように大きく咲き誇っている。その周りは更に色とりどりの宝石で彩られており、下世話な話、このブーケ一つでフェラーリが百台以上買えると聞いていた。

目の前の一段高くなった場所にはデルアン国王が煌びやかな玉座に座し、その脇(わき)には四人の妃(きさき)たちが優雅に座っている。

僕は本当にアルディーンと結婚するのか？　本当にこれでいいのか――？

こんな土壇場になっても、晴希は自分の置かれた状況に戸惑い、そして理解するのに苦労した。男の身で嫁ぐことに、緊張と畏(おそ)れしかない。

今日はデルアン王国第五王子、カフィールと、オルジェ王国、第四王女、晴希の結婚式であった。

心臓の鼓動が煩(うるさ)いほど耳に響き、晴希は落ち着こうと小さく息を吸って吐いた。すると晴希のその行為に気付いたアルディーンがそっと手を握ってきた。

大丈夫だ――。

まるでそう言われているようで、晴希の緊張が少しだけ治まる。すると落ち着いてきたせいか、両脇(りょうわき)から二人を見つめる大勢の来賓が好意的な意見を口にするのが聞こえてきた。

「おお、姫君は相当緊張されているようだな」

「可愛(かわい)らしいこと。それに殿下も本当に姫君のことを大切にされているようで、見ているこちらがあてられますわ」

「聞くところによると、幼い頃から相思相愛で、姫君の体調がよくなって、ようやく結婚されるそうですもの。殿下の嬉(うれ)しさも一際でしょう」

誰が最初に言い出したのかわからないが、いつの間にか晴希とアルディーンは昔から相思相愛の仲で、結婚のタイミングを見計らっていた……そんな噂(うわさ)が立っていた。

お陰で突然すぎる結婚も、好意的に周囲に受け入れられている。

晴希はもう一度、大きく深呼吸をして、アルディーンをちらりと見遣(みや)った。彼と目が合う。途端、どこからかぴりぴりとした痺(しび)れが湧(わ)き起こった。

今からここで、永遠の愛を誓う――。

「二人とも立ちなさい」

国王の威厳ある声が鼓膜を震わす。晴希がアルディーンに手を貸され立ち上がると、すぐに介添え役の一人が演台のようなものを持ってきた。台の上にはデルアン王国の紋章が透かしに入った誓約書が置いてある。

これにサインしたら、本当の夫婦になってしまう……。夢ではなく現実に。

晴希は一瞬躊躇(ちゅうちょ)してしまったが、アルディーンは何の躊躇(ためら)いもなくサインをした。

彼とは覚悟の決め方が違うのだろうか。

未(いま)だに迷いのある晴希は、もう後戻りはできないと自分に言い聞かせ、緊張で震える手で署名した。続いてその誓約書に手を置くと、アルディーンがその上から手を重ねる。国王に結婚したことを報告し、幸せな未来を誓約するのだ。

晴希の手に被さっていたアルディーンの手にきゅっと力が入った。同じ男なのに彼の手のほうが少し大きい。

「私、デルアン王国、第五王子、カフィール・アルディーン・ビン・ハディルとその妻、晴希・ビント・サフィル・シャンターナは夫婦として、順境においても逆境においても、共に力を合わせ、国民の幸福を第一に考え、病める時も健やかなる時も、生涯互いに愛と忠誠を尽くすことを、国王陛下の御前にて誓います」

アルディーンが低く理知的な声で宣誓すると、すぐに参列者から拍手が送られた。それを制するように国王がそっと手を上げ、人々が静まるのを待った。すぐにしんと静まり返る。すると今度は先ほどの介添え役の男性が菓子皿に一口サイズの焼き菓子を数種類載せ、恭しく二人の前に差し出してきた。よく見ると、以前、晴希が好きだと話した焼き菓子だった。

アルディーン、わざわざ用意してくれた……？

そうだとしたら彼の気遣いに感心する。こんなことをされたら、女性であるならば彼に惚れ込むに違いない。男である晴希でさえ、少し惚れてしまうほどなのだから。

アルディーンはその菓子の中でも晴希が特に好きなアプリコットの焼き菓子を手に取った。それで、この菓子を選んだのは偶然ではなく、やはり覚えてくれていたのだとわかる。晴希も『僕も覚えている』とばかりに、アルディーンが以前気に入ったと言っていたブルーベリー味を選んだ。

するとアルディーンも嬉しかったのか、ふわりと笑みを浮かべた。その笑みを見て、この焼き菓子での一連の行動が、二人だけしかわからないサプライズのような感じがして、晴希の心もほんわかと温かくなり、緊張が解れる。

新郎新婦がお互いに食べさせ合うのがアラブでの結婚式での風習だ。

晴希は手に取った焼き菓子をアルディーンの口許へと持っていった。彼も晴希に焼き菓子を差し出す。二人で同時に食べようとしたが意外と難しく、なかなかタイミングが合わず、笑いが込み上げてきた。

二人で笑いながら、どうにか食べさせ合うことに成功する。周囲からも本当に仲の良い夫婦だと笑顔を誘った。

「指輪の交換を」

続いて、国王の声に促され、介添え役によって指輪が目の前に恭しく差し出された。幅が二センチほどある極太なプラチナリングで、アラビアの伝統的な幾何学模様に沿って宝石が嵌め込んであった。

その指輪がゆっくりと晴希の指に嵌められる。左手の薬指が罪悪感でじわりと締め付けられたような気がした。

僕の嘘にアルディーンをとうとう本当に巻き込んでしまうんだ……。

今更ながらに、改めて罪の重さを感じた。

できるだけ、彼に幸せになってもらえるよう、僕にできることなら、何でもしよう……。

心の中でそう誓いながら、晴希もアルディーンの指に対の指輪を嵌めた。

「では誓いのキスを」

え、誓いのキス――!?

すっかり失念していた。リハーサルの時もキスの話題は出なかったので、思い出すこともなかった。何故か誰もそれを口にしなかったのもある。

どうしよう……。キスだなんてアルディーンも困るよな。ここはどうやって回避するか考えないと……。

アルディーンの様子を窺おうとチラリと視線を遣ると、彼が既に動き出しており、晴希のレースのヴェールに手を掛けたところだった。

アルディーン、ちょっと、アルディーンっ！

心の中で必死に彼に呼び掛けたが、当然聞こえるはずもなく、彼の指がヴェールを外された晴希の顎を持ち上げる。

うっ……。

間近で見てもいい男であることが存分にわかるアルディーンの視線を痛いほど感じた。

え、どこまで本気なんだ？

もはや彼の考えが理解できなかった。

「晴希」

名前を呼ばれて顔を上げると、もう目と鼻の先にアルディーンの顔があった。

「アル……んっ……」

名前を口にした途端、唇を塞がれる。参列者からは割れんばかりの拍手喝采が沸き起こった。そこに国王の声が大きく響き渡る。

「婚姻の絆によって結ばれた二つの王家の血を、神が末永く守り慈しみ、この国の、ひいては全世界の繁栄と平和を支え助けてくださいますよう、ここに願う。この二人に神の祝福があらんことを」

「この二人に神の祝福があらんことを！」

二人を見守っていた来賓も、最後の一節だけ王の後に復唱し、そしてどっと歓声を上げた。

「カフィール殿下、晴希妃殿下、このたびはご結婚おめでとうございます」

脇に立っていた大臣が代表して、お祝いの言葉を掛けてくる。それに会釈して応えると、王宮の外からも大勢の声が聞こえてきた。国民が第五王子の結婚を祝うために、集まっているようだった。

「さあ、晴希。国民に挨拶をしよう」

アルディーンが手を差し伸べてきた。晴希は頷いて彼の手を取り、広場が見下ろせるバルコニーへと出る。

広場には大勢の人、人、人がひしめき、誰もが二人を祝福してくれていた。その数に圧倒され固まっていると、アルディーンがそっと耳元に囁く。

「手を振ってあげてくれないか？　国民が喜ぶ」

「あ……そうだな。つい圧倒されてしまった」

晴希は我に返って、慌てて控えめに手を振った。人々も晴希のその様子を目にして、一層盛り上がった。

「晴希」

隣に立っていたアルディーンが改めて声を掛けてきた。そちらへ顔を向けると、ヴェール越しではあるが、また唇にいきなりキスをされた。歓声もヒートアップする。

「な……え？　ええ……な、なに？　アルディーン」

動揺を隠せずにいると、アルディーンは悪戯が成功した悪ガキのような笑みを浮かべた。

「私もお前と一緒で『つい』したくなった」

「え……？　ついって……」

「ついは、ついだ」

「な……」

からかわれている――――！

楽しそうに笑うアルディーンを横目に、晴希は『先が思いやられる』とばかり、小さく溜息を吐いたのだった。

＊＊＊

挙式後も王宮からアルディーンの宮殿に場所を移し、深夜まで豪華絢爛なパーティーが催された。披露宴は男女別で行われることもあるが、今回は男女一緒に行うことにしていた。晴希を女性の中で一人にさせないためだ。

天井が一際高い広間には、ジャングルを模して大きな木があちらこちらに設置され、その木々の合間を色鮮やかな鳥に扮（ふん）したサーカスの団員らが空中ブランコに乗って、まさに鳥のように舞っていた。

アマゾンの奥地に探検にでも来たような趣向を凝らしたパーティー会場だ。

これもすべては晴希のためである。アマゾンの奥地を演出する、ちらちらと篝火（かがりび）が照らす空間は、晴希の顔を適度に見えにくくするにはうってつけだったのだ。

深夜三時を過ぎた頃、ようやくパーティーもお開きとなり、晴希はアルディーンと一緒に招待客を見送り、やっと人心地つく。

男性だとばれないように、神経を尖（とが）らせて女性として振る舞ったせいか、かなり疲れてしまったが、それでも箱入り娘として育った晴希にとって、多くの人と接することは、とても新鮮で楽しい時間となった。

「皆、どうやら僕のことをちゃんと女性だと思ってくれたようだな」

「ああ、完璧だったよ、晴希」

　こめかみに感謝とばかりにチュッと軽くキスをされる。今日一日で、アルディーンの過剰なスキンシップにもだいぶ慣れてきたので、晴希もこれくらいのことならもう軽く流すことができた。

「今日は疲れただろう？　今夜はこのまま躰を清めて寝るとしよう」

「そうだな。さすがに僕も疲れた」

　衛兵の前を通り、宮殿の奥、ハレムへと進むと、突き当たりの角から乳姉弟のサーシャが姿を現した。彼女はオルジェ王国から一緒について来て、この国で晴希の侍女をしてくれることになっていた。

　他にも数名、晴希の事情を知っている口の堅い者を供として連れてきたが、アルディーンのほうでも信用のできる侍女を手配してくれており、第五王子の妃として面目のたつ人数が用意されている。

　アルディーンが、向こうに立っているサーシャに聞こえないくらいの声で話し掛けてきた。

「本音を言うなら、サーシャのように若い女性は晴希の侍女にはしたくなかった。彼女はお前の乳姉弟ということだったから、仕方なく承諾したんだぞ」

　アルディーンがそう言う通り、彼が手配した侍女は皆、老齢な女性であった。

「晴希と間違いがおきたら大変だからな」

「そんなに無節操に手なんて出さないよ。信用がないんだな」

晴希が非難がましく言うと、アルディーンがにやりと笑った。

「信用がないのはお前じゃない。相手のほうだ。晴希のような魅力的な男性は、女性のほうが放っておかないからな」

「それは君のことだろう」

何の意図もなくさらりと言うと、アルディーンの歩みが急に止まった。どうしたのかと思い、晴希は彼に振り返った。

「アルディーン？」

「――お前は私のことを魅力的だと思ってくれているのか？」

「僕が、とかそういうことじゃなくて一般論だろう？」

何を言っているんだと笑いながら、そのまま話が終わるかと思って歩き出すと、更にアルディーンは続けてきた。

「一般論か……。なら、そこにお前の意見も入っているということだな」

「だなって聞かれても……。逆に君のことを魅力的に思わない人間がいるのか？　って聞きたいぞ」

「神よ」

「いや、こちらの話だ。晴希に魅力的な男だと思われていたなんて、知らなかったから、少し動揺しただけだ」

「動揺って……大袈裟すぎるぞ、アルディーン。本当に君は時々面白いことを言うよな」

晴希はそう言って、深夜にもかかわらず、寝ずに待っていてくれたサーシャに声を掛けた。

「すまない、サーシャ。君も疲れただろうに、遅くまでありがとう」

「お帰りなさいませ。お気遣いありがとうございます」

「今夜は風呂に入ってすぐに寝るよ。化粧を落とすのを手伝ってくれるかい？　あとは自分でやるからサーシャも休んで」

オルジェ王国にいた時から、女性の恰好をしているが、本来は男であるため、着替えや入浴には侍女を近くに置かないようにしている。そのため他の王族とは違って、大体自分のことは自分でできた。

サーシャもそれがわかっているので、素直に受け入れる。

「ありがとうございます。では化粧を落としましょう。こちらへ」

「ああ、じゃあアルディーン、後で浴場へ行くよ。先に行ってて」

「いや、私もハサディに用があるから、終わったら声を掛けてくれ」

「わかった」

　晴希は返事をし、サーシャとメイクルームへと向かった。


　アルディーンの宮殿の大浴場は、ドーム型の天井が特徴的で、室内プール場のような広さがあった。

　間接照明でライトアップされた柔らかい蜂蜜色の大理石の壁や柱に、コバルトブルーのタイルが敷き詰められた床は、ところどころ金が施され、まるで月に照らされきらきら光る海を模したかのようにも見える。更に天井にも美しい幾何学模様の濃紺のモザイクタイルが貼られていた。

　広い湯船の中央には獅子の頭を模した湯口があり、その大きく開けた口から滔々と湯が流れている。

　総じて夜の海をイメージして造られているようで、美しい芸術品と言ってもなんら遜色のないものだった。

「豪華だな……」

「まあ、妃とゆっくり過ごしたい空間だったから、力を入れて設計したのは確かだな」

　アルディーンの言葉に晴希の胸に影が落ちる。

「妃……ごめんな。本当にこんなことに巻き込んでしまって……。本当なら君はここを美しい妃と一緒に楽しんでいたはずなのに。早く第二妃を娶(めと)ってくれよな」

　このことについては晴希がアルディーンに対して一生償(つぐな)っていかなければならないと思っていた。

「何を言っている。お前は私の妃だ。ここでお前とゆっくりできて嬉しいさ」

　優しいアルディーンは晴希のことを思ってか、そんなことを言ってくれる。尚更(なおさら)晴希は罪悪感を募らせた。

「アルディーン……」

　そんな時、思ってもいなかった爆弾発言が投下される。

「それに晴希には言っていなかったが、私は妃を他に娶るつもりはない」

「え！　どうして」

「どうして？　まあ、私に四人もの妻を平等に大切にする甲斐性(かいしょう)などないからな。大切にしたいのは一人だけだ」

　アルディーンが親友である晴希のことをそこまで大切に思ってくれているとは、晴希は今までまったく気づいていなかった。

　僕ももっと彼のことを大切に思わないと……。

　改めて自分の伴侶(はんりょ)としての心構えが甘いことを知る。男性だからという理由で、伴侶の責任が軽くなるなんてことはない。でも――。

「でもアルディーン、君は王族なんだから、子孫を残す義務があるだろう？　僕は産めないから、他に妃を娶らないと……」

「妻に他の妃を勧められるとは……。新婚初夜に相応しい内容じゃないな、晴希」

「だが……」

先を続けようとしても、話は終わったとばかりに、アルディーンはバスローブを勢いよく脱ぎ去ると、湯船へと歩いていってしまった。

彼の妻の話はまた改めてきちんとしたほうがいいかもしれない……。

そう思いながら、彼の後ろ姿を見つめた。思わず、彼の引き締まった躰に晴希の目が奪われる。同じ男でも羨ましくなるほどの美しい褐色の筋肉の隆起に、つい見惚れてしまった。そのままアルディーンの躰が湯船に沈む。

「晴希、お前も早く入れ」

「あ、うん。そうだな」

と、言いながらもバスローブを脱ごうとした手が止まった。思わず自分の貧弱な躰を見られるのに抵抗を覚えたのだ。

あんな男らしい躰を見せられた後では、自分の白く華奢な躰が貧弱に思えて仕方がない。

「晴希？」

もう一度名前を呼ばれ、晴希はえいっとバスローブを潔く脱ぎ捨てた。アルディーンの瞳が少し見開いたのがわかったが、今更貧弱な躰を隠すことなどできない。晴希は覚悟を決めて堂々と湯船へと入った。そのままアルディーンの隣に移動する。

アルディーンが言うように、確かに結婚してすぐに他の妃を娶る話を持ち掛けたのはデリカシーに欠けるかもしれない。晴希は敢えて違う話題を振った。

「そういえば以前、第三王妃がロシア人で、ついロシア式の挨拶が身についてしまったって、君、言っていただろう？　第三王妃は異国で大変じゃなかったか？　僕の母も日本人だから、色々と嫌がらせを受けたりして、辛いことがあったから……」

「ああ、確かに色々あったようだが、第三王妃は義弟、シャディールの母君だから、彼がよく守っていたな。それに私もよく彼と一緒に悪巧みをして、敵を排除したりもしたから、今ではあまり第三王妃に嫌がらせをする輩もいなくなった」

「え、君も一緒にそんなことをしていたのか？」

驚いて問うと、彼が人の悪い笑みを浮かべた。

「なかなか楽しいぞ」

「怖いな、君は……」

そう言って、湯船に視線を落とす。こうやってアルディーンと裸の付き合いができるようになるとは思っていなかったせいか、気分が高揚して胸がどきどきした。

「でも、もし君がオルジェ王国にいてくれたら、僕も母のことで色々と相談したかもしれないな。シャディール殿下が羨ましいよ」

「羨ましい？　あれとは時々会うだけだぞ。それよりもお前は私の伴侶であり半身でもある。これからはお前と一緒に人生を楽しむんだ。シャディールなんて関係ないさ」

アルディーンがそっと晴希の肩に触れた。途端、びりびりとしたおかしな痺れが下肢から湧き上がってきた。

なに――――？

何かおかしい。晴希は自分の躰の変化に戸惑いを覚えた。

そういえば先ほどから動悸のようなものが続き、なかなか治まってくれない。気持ちが高揚しているせいかと思っていたが、そうではない気がしてきた。

「あ……あの、アルディーン、少し湯あたりしたみたいだ。もう出るよ」

「大丈夫か？　晴希」

その時だった。彼の指が偶然、晴希の乳首を掠める。

「ひゃっ……」

変な声が出てしまった。ちょっと触れられただけだったのに、甘く重い痺れが晴希の下半身を直撃し、快感が一気に襲ってきたのだ。

「どうした、晴希！」

アルディーンが心配そうに見つめてくる。だが彼が触れるたびに晴希の躰は異常な反応を示した。今も晴希の男根が大きく頭を擡(もた)げ始(はじ)めている。ここまでくると、アルディーンに気付かれる前に湯船から出るしかなかった。

「ごめん……ちょっと出る」

「晴希、もしかしたら、欲情しているのか？」

「っ……」

気付かれてしまった——！

「あ……ごめん。気持ち悪いよな。何だろう……急に……疲れたのかな。もう出るよ」

湯船から慌てて出ようとするも、アルディーンの腕が止める。

「……もしかしたら、いや、確実に催淫剤(さいいんざい)を盛られたな」

「さ、催淫剤？」

恐ろしい響きに晴希が目を大きく見開くと、アルディーンは静かに頷いた。

「ああ、たぶん従者のハサディ辺りだろう。気を遣って初夜が盛り上がるように仕込んだに違いない」

そういえば先ほどのパーティーの閉幕の挨拶の前にハサディから飲み物を手渡され、それを飲んだことを思い出す。

「そ……そんな……僕は男で、そんなもの……」

「男同士でもセックスはできる。ハサディは、私たちがぎくしゃくしないように気を遣ったのだろう。怒らないでやってくれ」

ハサディはアルディーンの乳兄弟で、腹心の部下だと聞く。主を思う心からしたというのなら、晴希も強くは怒ることができなかった。何故なら、どんな事情があれ、晴希はアルディーンの妻なのだから、そういういらぬ彼の世話も理解できた。

「……なら、これからはそんな気遣いはいらないと徹底しておいてくれよ。はぁ……取り敢えず薬の効き目がなくなるまで、安静にしておくよ」

晴希は今度こそ湯船から上がろうとした。だが、アルディーンの手はまだ晴希の腕を摑んだままだ。

「晴希、この催淫剤は精液で中和しない限り、治まらない」

「え……」

一瞬意味がわからなかった。

「これは本来女性用の催淫剤だ。そのため男とセックスして、お前の尻の孔に精液を入れなければ、治まることはない」

「なっ……」

あまりの具体的で且つ破廉恥な言葉に、晴希の全身は羞恥で真っ赤になった。

「そして私も盛られたようだ」

そう言うアルディーンの下肢に視線を落とすと、あり得ないほど膨らんだ劣情が湯の中でその存在を主張していた。

「君も男とセックスしないとならないのか?」

「いや、私に盛られたのは強壮剤か興奮剤の類いだろう」

心なしかアルディーンの目に欲情の色が見える気がする。晴希は少し怖くなり、彼から一歩身を引いた。するとアルディーンが少し寂しげに微笑んだ。

「逃げなくても大丈夫だ、晴希。今はまだ理性でどうにかできている」

それだけ前を膨らませておいて、大丈夫というアルディーンが相当我慢していることは、男であるからこそ晴希にもわかった。

「誰か女性を呼んで、早く処理を……」

「お前はどうするんだ?」

「自分で……して、自分のアレをその……尻の中に……」

入れるという言葉は濁す。

「自慰をするのか?」

「具体的に言うな」

「そうか……お前はそれでもいいか。だが、私はどうしたものか……」

「だから女性を……」

「新婚初夜なのに、他の女性を寝所に呼んだとどこかから漏れたらどうする？　父王などの耳に入ったら、申し訳がたたなくなるぞ」

「あ……」

確かにそうだ。それにこれがきっかけで晴希が男性であることが知られてしまったら、今や共謀したアルディーンにまで罪が及ぶかもしれない。

晴希はアルディーンの顔とその下肢で膨らんだものを交互に見た。我慢させるには可哀想なほど、膨らんでいる。

晴希は結婚を決めた時、アルディーンに告げた言葉があった。

『偽装であっても結婚するなら、アルディーン、君をできるだけ幸せにするつもりだ』

その想いに今も偽りはない。

晴希は拳をぐっと握った。自分のことばかり考えている己に嫌気がさした。これからはアルディーンのことも一緒に考えていかなければならないのに、伴侶失格である。

「わかった。アルディーン、君のそれについては僕が協力する。と言っても挿入は禁止だ。手で手伝うだけにしてくれ」

するとアルディーンの双眸が僅かに細められた。どこか肉食獣に狙われているような、そんな恐怖感が晴希の胸に芽生える。

「ほぉ……晴希は男前だな」

アルディーンがゆったりとした仕草で手を差し伸べてきた。この手を取ったら、後戻りはできない。だが晴希は息を呑んでその手を取った。

「えっ！」

いきなり彼の手が腰に回ってきたかと思うと、引き寄せられ、抱き留められる。

「アルディーン!?」

「お互いに協力しよう。私だけ一方的に奉仕されても興醒めだ。夫婦なのだから、何事も協力せねばな」

「え……あっ……」

腰に回されていた彼の手が、ゆっくりと臀部の割れ目に沿って下へと落ちていく。その淫靡な触り方に、晴希の躰が熱を帯びた。

「二人でセックスをすれば、すべて解決する」

低い声で耳元へ囁かれる。その言葉はやがてじわりじわりと晴希の胸を締め付けてきた。まるで甘い毒のようだ。

「な……、アルディーン、駄目だっ……」

「駄目？　晴希も本当はわかっているのだろう？　どうしたら一番いいのか。わかっているのに、気付かない振りをしているのか？」

その質問に晴希は大きく首を横に振って答えた。

「気付かない振りをしているんじゃない。そんなことあり得ないから考えないだけだ」

「あり得ない？　どうして？」

「僕たちは親友だ。親友はそんなことはしないだろう？　アルディーン、どうしたんだ？　君らしくない。もっと冷静になれよ」

「どういうのが私らしくないんだ？　お前にとって、『私らしい』というのは、どういうことなんだ？」

「どういうことって……」

言葉に詰まる。今まで過ごした間に知っていたアルディーンはほんの一面でしかないことに気付かされた。目の前にいるのは劣情に濡れた瞳で晴希を見つめる牡の顔をしたアルディーンだ。

その顔をじっと見つめていると、アルディーンが吐息だけで笑った。

「晴希、大丈夫だ。悪くはしない。二人だけの秘密を守るためだと思えばいい」

「だけどっ……」

どうしていいかわからない。ただ、晴希自身も催淫剤で思考があまり働かなくなってきているのを自覚していた。

「それに私たちは夫婦だ。お互い熱を冷まし合っても何も問題はない。寧ろ夫婦だからこそ、お互いの熱を共有するべきだろう？」

夫婦……。

免罪符のように晴希の胸にその言葉が染み渡った。

男が男に抱かれるのは、みっともないことではないのだろうか。アルディーンにみっともないところを見せたくないのに……夫婦ならそれでもいいのだろうか——？

迷いが淫らな熱に溶けていく。躰が燃えるように熱く、快楽に呑み込まれるのも時間の問題のような気がした。

「晴希」

最後の一押しとばかりに甘く名前を呼ばれる。アルディーンの牡のオーラに、晴希は自分の理性がガラガラと音を立てて崩れていく様をどこか遠くで感じていた。

もう抗えない——。

彼に手首を取られ、引き寄せられる。彼の筋肉質な胸板に自分の肩が当たった。拍子にアルディーンの瞳とかち合うが、晴希は慌てて逸らす。まともに彼を見ることができなかった。その代わり、張り付く喉へ必死に空気を送りながら声を出す。

「ア、アルディーン……頼みがある。このことは、彼女……サーシャには秘密にしておいてくれないか」

「サーシャ？　何だ、お前はあの女が好きなのか？」

アルディーンの纏う空気が一瞬鋭くなる。晴希はすぐに視線を彼に戻し、誤解がないように説明した。

「違う。彼女は姉のようなものだ。恋愛感情は一切ない。彼女に秘密にしたいのは、もし彼女に知られたら、故国の母の耳にも入るからだ。母には知られたくない」

「なるほど、確かにな」

アルディーンは小さく笑うと、その形の整った唇を晴希のうなじへと近づけた。

「お前を困らすことが趣旨じゃない。サーシャはもちろん、お前の国から連れてきた従者たちには知られないように努力しよう」

そしてアルディーンは晴希のうなじに唇を寄せ、きつく吸い上げた。

「っ……」

瞳の奥がちりりと熱い。きっと自分の中で劣情の焔が燃え盛っているのだろう。

「晴希、私はお前を逃す気はない」

「アル……っ……」

「今夜、お前にたっぷりと蜜を注いでやる。そのためにも、今からここをしっかりと解してやろう」

足の付け根に彼の指が滑り込んできた。そして既に頭を擡げていた晴希の劣情をそっと撫で、そのまま臀部の割れ目へと伝っていく。

「あっ……」

晴希の下半身がぴくぴくと反応してしまった。

「フッ……晴希、お前は感じやすいのか?」

「違うっ……薬のせいだ、きっと……」

「そうだな、そういうことにしておこう」

「しておこうじゃなくて、なっ……」

いきなり抱えられ、アルディーンの膝の上に乗せられた。晴希の上半身が湯船から出てしまう。

「綺麗(きれい)な色の乳首だな」

「アルディーン、君……オヤジ臭いぞ」

「酷(ひど)いな、お前より二歳上なだけだぞ?」

そう言いながら、アルディーンが乳首を口に含んだ。

「あぁ……」

「一応、聞いておくが、処女だと思っていいか?」

「な……処女とか言うな」

「じゃあ、他の女を抱いたり、男に抱かれたりしたことがあるか?」

「具体的に言うな! 君、本当にデリカシーがない男だな。色男が台無しだぞ」

「フン、私を色男だと思ってくれているんだ？　お前は私を喜ばせることに長けているな。興奮する」

「どうしてこんなことで興奮するんだ！　あぁぁ……」

唐突に劣情を扱かれ、思い切り嬌声を発してしまった。

「酷いぞ、アルディーン。反則だ」

「お前が可愛くて、つい声を出させたくなった、許せ。それよりもさっきの質問に答えろ。お前は経験があるのか？」

「……言わないといけないのか？」

思わず弱々しい声が出てしまう。どうせ経験豊富だろうアルディーンに、素直に言いたくなかった。だが。

「ああ……、大体わかった。言わなくていい」

「なっ……どうわかったんだ！」

見透かされたような気がして、いや見透かされたのだが、自信満々に言われ、むっとするしかない。

「僕が百戦錬磨だったらどうするんだ」

「お前の中で一番良かった男になるだけだ」

そんなことを自信ありげに真顔で言われ、晴希の顔に熱が集まり、みるみるうちに赤くなった。

「っ……、ちょっと君、恥ずかしい奴だったのか！」

「本当のことを言っただけだ。どこが恥ずかしい？」

「ああ、もういいよ。同じアラブでも国の違いがあるんだなって理解するから……あっ」

再び敏感な下肢を弄られ、躰がビクッと震える。

「晴希、おしゃべりは後にしないか？　そろそろ私も限界だ」

低い声で耳朶をしゃぶりながら囁かれ、晴希の下半身にずくんと重い疼きが生まれた。

同時に尾てい骨から背筋へと甘い痺れが駆け上ってきた。

「ああぁっ……」

湧き起こる訳のわからない快感に、恐怖を覚えずにはいられない。

「やっ……め……」

「お前が気持ちよくならないと駄目だ。私との初めてのセックスなのだからな。お前がよくなくては意味がない。ほら、膝から落ちないように、私の背中に手を回せ」

言われるまま、アルディーンの背中に手を回した。滑らかな筋肉の質感が手のひらを通して伝わってくる。見た目よりも触ったほうがずっと男の色香を感じた。

同じ男同士なのに……アルディーンの色香にどきどきする。

自分の抱く感情に戸惑いを覚えていると、アルディーンのもう一方の手が晴希の胸の辺りに触れてきた。

「えっ？」

乳首を指の股に挟んだかと思うと、クリクリと捏ね始める。

「な、何を……はっ……」

途端、下肢から疼くような痺れが走った。下半身にはまったく触れられていないのに、だ。この状況が信じられず、晴希は目の前の男を見上げた。

「晴希、澄んだ美しい瞳だ。ずっと昔からそう思っていた」

ずっと昔――。いつのことだろう？

疑問に思うが、すぐにその疑問は霧散する。彼の唇が晴希の目尻に触れ、愛おしむかのような優しいキスに、意識が奪われたからだ。

アルディーンの指先は晴希の乳首を弄り続け、そのまま先端に爪を立ててきた。

「っ……」

弄られてぷっくりと赤く膨らんだ乳頭は、彼の爪を包み込み、淫猥な窪みを作る。彼は立てた爪を引っ込めると、今度は指の腹でゆるりと撫でてきた。二つの違う感覚に、晴希の躰のどこかが快感を求めて蠢き始める。躰の奥底に官能的な焔が灯るのを感じずにはいられなかった。

「何か変だ……やめて……くれないか？」

「変？　どう変なんだ？」

　そう言いながら、アルディーンは乳頭に軽く歯を立てた。

「あぁぁぁっ……」

　鋭い痺れを伴った電流が一気に脊髄を駆け上っていく。乳首を噛まれたことなど一度もない晴希にとって、その行為は衝撃的だった。まさか自分の乳首に男が触れるどころか歯を立てるなどと思ってもいなかったのだ。

「あ……アルディーン……もう、やめ……」

「どうしてだ？　気持ちよさそうだが？　ほら、お前の男根も大きく勃ち上がっている。嘘を吐いてもわかるぞ」

「そんな……どうして、こんなことで……」

　アルディーンの言う通り、自分の躰が反応しているのを目の当たりにして、ショックを隠し切れない。

　催淫剤のせいだ――。

　そう思うことで自分の矜持を保ち続けるのが精いっぱいだった。

　キャンディーのように乳頭を舌で転がされたかと思うと、きゅうっときつく吸い付かれる。また、歯に乳頭を挟まれ、そのまま引っ張られたりもした。どれもが晴希の官能を刺激し、翻弄してくる。

更にアルディーンが乳首に悪戯を仕掛けるたびに、晴希の腰がどうしてか振れる。

「あっ……もう……だ……めっ……ああっ……」

晴希が我慢できずに、アルディーンの頭を自分の胸から遠ざけようとするも、彼の手が晴希の腕を摑み、それを阻止する。そして晴希の二の腕に唇を寄せ、きつく吸った。そこにキスマークが浮かび上がる。

「もっと痕をつけよう。真珠色の肌に朱色の痕がよく映える」

彼は指先で乳首をやんわりと押すと、そのまま乳首から臍へとゆっくりと指を伝わせた。そして足の付け根で一旦止まると、そこから晴希の下肢に広がる淡い茂みに指先を忍び込ませる。

「お前の陰毛は色が薄いんだな」

「う……もっとオブラートに包んで言えないのか？」

アルディーンのデリカシーの無さに、頭痛がしてくる。

「誤解を生まないために、見たままを伝えるよう教育されている」

嘘か本当かわからない答えを受けて、彼を訝しげに見つめていると、彼の悪戯な指が更なる動きを見せた。湯で柔らかく解れた晴希の後ろの際を捲り上げ、そっとその奥に侵入する。

「つっ……！」

　ほんの少し指を挿れられただけなのに、激痛が走る。だがアルディーンは晴希の様子を気にしないかのように、指を差し挿れたまま抜こうとはしなかった。

「アルディーン……痛い……抜いてくれ……っ……」

「大丈夫だ。すぐに良くなる。そういう催淫剤が使われている。それに、私のはなかなかデカくて普通は受け入れるのに大変なんだが、この催淫剤を使えば、すんなり入るから心配もない」

　優しい声色でとんでもないことを告げられる。それと同時に蜜口に挿れられた指が、縦横無尽に動かされた。

「あっ……ああ……っ……くっ……」

　ピリッとした痛みに歯を食い縛る。すると彼の指が更に奥に進んだ。

「あっ……ああ……だ、め……っ、そんなに奥に挿れるなっ……ひゅっ……な？」

　どうしてか突然、違う感覚が晴希を襲う。明らかに痛みとは違う何かが、ぞくぞくと背筋を駆け上がった。

「な……なに？」

「フッ……そろそろ良くなってきたか？」

「な……どうして……そんな、こんなことで……」

「気持ちよくなるのが普通だ。別に異常なことじゃない。安心しろ」

こめかみに口づけしながら、アルディーンが囁いた。そして晴希の中に入っていた指をくるりと回し、中の感触を愉しむかのように、卑猥な動きを見せる。

「あぁっ……んっ……」

先ほどとは打って変わって、快感がせり上がってくるのがわかる。

「いい声で啼く」

彼の指がいきなりもう一本増やされた。閉ざされた慎ましい蕾を押し広げ入ってくる。

「やぁっ……！」

敏感な襞を二本の指が行き来した。すぐにまた指が三本に増やされ、敏感な隘路を縦横無尽に動き回る。

「あぁっ……くっ……はっ……」

じわりじわりと熱が下半身に集中し、じんじんと疼き始めていた。晴希の劣情が大きく頭を擡げる。

「ここもそろそろ柔らかく溶けてきたな。挿れるぞ、晴希」

そう言って、アルディーンが晴希の腰を摑み、持ち上げた。下を見れば、本人が『デカイ』と申告しただけあって、なかなかお目に掛かれない立派なモノがそそり立っている。

「君、でかすぎっ……」

「はっ、褒めていただき光栄だ」

「誰も褒めていな……いっ……あぁ……」

そのまま猛々（たけだけ）しい熱を伴った鋼鉄のような肉杭に晴希を下ろした。騎乗位である。

「ああぁぁあっ……」

まだ誰も受け入れたことのない初々しい花弁を、アルディーンの熱の楔（くさび）が散らすように荒々しく入ってくる。

「やっ……アルディーン……っ……はぁっ……」

苦しさに呼吸を乱すと。あやすように躰を揺さぶられる。

「晴希、ここを緩めろ」

臀部を鷲掴（わしづか）みされ、告げられる。緩めろと言われても、どう緩めたらいいのかわからない。

晴希が困惑していると、アルディーンの指が、晴希の下半身に絡んできた。そして緩急をつけて扱かれ、刺激を与えられる。

「なっ……」

晴希の劣情が再び快楽を求め、膨らみ出した。

「あっ……ふっ……」

声が掠れて吐息だけが唇から零れ落ちる。アルディーンから逃げたくとも、彼の肉欲に貫かれているため、簡単には逃げ出せない。晴希は自分の体重も手伝って、ずぶずぶとア

ルディーンを己の中に受け入れてしまった。

「んんっ……はぁぁっ……」

信じられないほど奥のほうへとアルディーンの熱が入り込んでくる。

「上手いぞ、晴希」

晴希を抱き締めながらアルディーンが耳朶へ囁く。その声に晴希の劣情が甘く震えた。男なのに感じてしまう自分にショックを隠し切れない。

これも催淫剤のせい——？

痛いはずなのに、アルディーンから与えられるものは快感しかなく、晴希の屹立が勢いよくそそり立った。それがアルディーンの下腹に当たり、彼が小さく笑った。

「私のこれに充分満足しているようだな」

これと言いながら、アルディーンはわざとゆっくり腰を動かした。じわりとした感覚に、晴希は咥えていたアルディーンをきつく締め付けてしまう。彼が一層大きく膨らんだ。

「ハッ、お前も容赦ないな。この私が持っていかれそうになったぞ」

「な……」

「そうだな、まずは一回、一緒に達くか」

「まずは一回って……あぁ……」

恐ろしい言葉を聞いて、真意を追及しようとしたが、彼が動きを激しくしたため、言葉にならなくなる。彼の膝の上から逃げようとしても楔で貫かれているため、ほとんど動くこともできなかった。

そんな晴希の腰をアルディーンは逃さないとばかりにがっちりと掴んで、上下に容赦なく動かす。湯水が跳ね、音を立てて揺れた。

「んっ……あ、もっ……あぁ……」

男に中を擦られることがこんなに気持ちがいいなんて、知らなかった――。知りたくなかった――。

それとも相手がアルディーンだから――？

晴希は快感から逃れるため、目をきつく瞑った。途端、凄絶な喜悦が湧き起こる。視覚を遮ったせいで、狂おしい快感が直接晴希に襲い掛かった。

強い刺激に背筋が反り返る。彼の膝から落ちそうになるが、下肢が繋がっているのと、彼の手が強く晴希の躰を掴んでいるせいで、湯船に落ちることはなかった。

「はっ……あぁぁぁ……っ……」

自分でも驚くほど呆気なく果てる。だがそれで呆然としている暇はなかった。続いてアルディーンも晴希の中で吐精したのだ。中に出される初めての感覚に、晴希の躰が甘く淫猥に震えた。

「あ……そんな……っ……はっ……」

あまりの量に彼の精液を受け止められない。肉欲を咥えている蕾の際から、彼の放った
ものが染み出てくるような感じがし、より一層大きく、晴希の快感を揺さぶった。

「あっ……漏れ……る……っ……多い……から……っ……アルディ……ンッ」

アルディーンの長い放埓(ほうらつ)に耐えていると、止まることなく彼が再び腰を動かし始めた。

あり得ない状況に気が動転する。

「え……？　あ……っ……待って……なっ……一回、抜いてくれっ……ちょっと……」

彼の動きを押さえようと、両手で彼の胸板に手をやるが、びくとも動かない。それどこ
ろか引き寄せられて、胸に閉じ込められる。

「晴希、まだ一回では足りないだろう？　私はまったく足りない。ああ、それに催淫剤を
中和するには一晩中セックスをしないと駄目なんだ」

「ひ、一晩中！」

あまりの衝撃の一言に声が裏返る。

「ああ、一晩中だ」

「う、嘘……そんなの……一晩中、君の相手なんて死ぬっ……」

「大袈裟だな。大丈夫だ、気持ちよくなるだけだ」

「なっ……」

「今度はもっとお前を悦ばせてやろう」

左側の乳首を甘嚙みされながら恐ろしいことを次々と宣告される。

「そんなの……無理っ……あぁぁっ……」

弱いところを絶妙に擦られ、声を上げさせられた。中で吐き出されたアルディーンの精液がぐちょぐちょと淫らに泡立つ感覚に翻弄される。

「あぁっ……ふっ……」

湯が波打って、晴希の真珠色の素肌に当たった。

「くっ……手加減しろ……アルディーンっ……」

どうにか抗議するが、アルディーンはそれを嬉しそうに笑みを浮かべ受け止めた。

「フッ、充分手加減しているさ」

そう言って、アルディーンは一旦晴希から己の昂りを抜く。やっと解放されたかと安堵するや否や、いきなり膝から降ろされた。そのまま浴槽の縁に手をつかされ、腰を持ち上げられる。すぐに今度は後ろからアルディーンの屹立が貫いてきた。

「あああぁぁぁっ……」

「まだこちらのほうがピストンをしやすい。お前をもっと悦ばせてやれる」

「え……」

嫌な予感が晴希の胸に過るが、後の祭りだった。アルディーンの抽挿が一層激しくなる。晴希は彼にされるがまま揺さぶられるしかなかった。

「あっ……あぁ……あぁぁぁぁ……っ……」

「もっと私を感じろ、晴希。私にしか感じない躰になれ……」

「なにを……っ……んっ……」

腰を掴まれて激しく穿たれる。湯が大きく揺れ、躰ごと攫われそうだ。

次第に熱に浮かされ、目の前が真っ白になる。晴希の下半身がまた膨れ上がり、溜まった熱が何度も何度も破裂した。もう精液もほとんど空になるほど達かされる。

「ア、アルディ……ンッ……はぁっ……あぁぁぁ……」

晴希はとうとうアルディーンの容赦ない責めに、意識を手放したのだった。

＊＊＊

ピチャン……。

大浴場に水が跳ねる音が響く。晴希がとうとう意識を失って、浴槽の縁へ躰を預けたまま、湯船に滑り落ちていきそうになったのを、アルディーンは両腕に抱きかかえた。

真珠色の肌に上気した薄桃色の頬が映える。可憐な唇は、今は少しだけ緩んではいるが、今もなお、アルディーンを誘って止まない代物だ。

アルディーンはそっと晴希の頬に自分の頬を重ねた。

愛おしい――――。

胸から湧き起こるのは愛情。これほどまでに人に対して、慈しみ、愛しいと思ったことはなかった。晴希だけだ。晴希だけが自分を狂わせ、あり得ないほど執着させる。

「お前は私の気持ちなど、まったく気付いていないのだろうな……」

その呟きは大浴場へと吸い込まれていく。

晴希と会ったのは十五年前だ。晴希が覚えていないだけで、彼は七年前に初めて会ったと思い込んでいたようだが、本当はそれよりも、もう八年程前に遡る。アルディーンが九歳で、彼が七歳の時だった。

＊＊＊

その日、アルディーンは父に連れられて、隣国のオルジェ王国へ鷹狩りに来ていた。当時まだ父は王に即位しておらず、外務大臣として出席していた。

父が鷹狩りへ出掛けている間、アルディーンは世話係と一緒にオルジェの王宮で他の王子や王女たちと留守番をすることになっていた。

隣国の王子や王女同士、幼い頃から顔見知りになっておけば、将来も更なる友好関係を続けていけるだろうという大人たちの考えによるものだ。

最初はアルディーンも社交辞令でオルジェの幼い王子や王女たちと遊んでいたが、次第に退屈になり、世話係の目を盗んで、王宮の庭へと一人で冒険に出掛けた。

冒険といっても、場所が場所だけに、そんなに大袈裟なものではなく、外壁に囲まれた人工的な緑の庭である。

だが、ここは砂漠の中にある一国だ。水が石油よりも高い国で、色とりどりの花が咲き乱れる美しい庭はかなりの贅沢(ぜいたく)である。冒険するにはちょうどよい場所であった。

木々が茂っている場所もあり、ちょっとした小さな森になっている。そこに普段は目にしないような色鮮やかな鳥がおり、アルディーンはつい目を奪われた。だが、

「あっ!」

花壇に躓(つまず)いて、転んでしまった。

「痛っ……」

痛みはあったが、大したことはなかった。転んだだけなのだから擦り傷くらいだろう。

アルディーンは自分の怪我(けが)の状態を把握して立ち上がろうとした。その時だった。木に隠れてこちらを窺っている少女が目に入った。

「ねえ、君……」

声を掛けた途端、木に隠れてしまった。

「ごめん、怪我をしちゃったんだ。手を貸してくれないかな？」

手を借りるほどの怪我ではないが、少女を怖がらせないために、そんなことを口にした。案の定、少女はまた顔を木からひょっこり出し、アルディーンを心配そうに見つめてきた。

「こっちに来てもらっていい？　怪しい者じゃないんだ。今日、こちらの国王様に招待されて遊びに来たんだ」

そう声を掛けると、ようやく少女が恐る恐るといった様子で近づいてきた。

近くに来てから改めて、彼女がかなりの美少女であることに気付いた。

近隣の国では見たこともない真珠色の肌は、太陽の光を浴びてきらきらと輝いているようである。深く澄んだ黒い瞳は吸い込まれそうで、驚いて桜色の頬を両手で押さえている仕草も何とも言えず可愛い。

更に、アルディーンと同じ黒髪であるのに、少女の髪は滑らかな絹のようで、風に靡いてさらさらとしていた。すべてが清廉で美しく、アルディーンの心を奪わずにはいられない。

アルディーンが言葉を発するのを忘れて固まっていると、少女が心配そうに小首を傾げた。その様子も可愛らしく、目が離せなかった。

「あの……お怪我、大丈夫？」

「……あ、ああ、大丈夫だ。ちょっとよそ見して、ああ、あの鳥を見てて、転んだだけだ」

「ああ、サリーね。とても綺麗よね」

少女はアルディーンの指さした方向にいた鳥を見て、笑顔で答えた。その笑顔にアルディーンの胸がキュッと締め付けられる。心臓がどきどきと不要な音を立て始めた。

「そ、そうなんだ……。サリーっていう名前なんだ。あの鳥。君が飼っているの？」

少女が首を横に振る。

「ううん、お父さまの」

「君の名ま……」

少女の名前を聞こうとした時だった。庭の向こう側に女官の姿が見える。

「王女様！　ハルキ王女様、どちらですか？」

女官が少女を捜しているようだった。すると少女が焦ったように口を開いた。

「あ、ここ、王族しか入ってはいけない庭なの。あなたがここにいたら、叱られてしまうわ。あの人は私が引き留めておくから、あなたは急いで逃げて」

ということは、この少女はこの国の王女の一人なのであろう。

「待って……」

アルディーンが呼び止めるも、少女は急いで女官のほうへ走っていってしまった。

ハルキ王女……。

アルディーンを逃すためか、彼女が女官を反対方向へと引っ張っていくのが見える。遠くなる彼女の姿を、アルディーンは目で追うしかなかった。

ハルキ王女――。

アルディーンはもう一度、少女の名前を心の中で呟いた。

美しい響きを持った名前だ。アラブらしくない名前は、きっと彼女の容姿から察するにハーフだからだろう。母親の国の名前に違いない。

「カフィール殿下、こんなところにいらっしゃったんですか？　捜しましたよ」

背後から世話係の安堵に満ちた声がした。どうやら見つかってしまったようだ。残念な気持ちと、この世話係なら彼女のことを知っているのではないかという期待に満ちた気持ちが、同時に湧き起こる。

「ハルキ王女のことを知っているか？」

「ハルキ王女……。オルジェ王国の第四王女のお名前かと」

「第四王女……」

「確か、殿下より二つほど年下でいらっしゃったと思います。お躰があまり丈夫ではないようで、普段は妃殿下と離宮にお住まいだと聞いておりますが、今日お会いになられたのですか？」

「ああ、精霊ジンに攫われてしまうのではないかと思うほど、可愛らしい王女だった。あとても優しく、心も清らかな感じがした。一緒にいるだけで安らぐような……」

「それはわたくしもお目にかかりたかったですね。美しい姫君だという噂は耳にしておりますから」

「そうなのか？」

ドキッとした。自分以外の誰かも彼女の魅力に気付き、もしかしたら彼女を奪おうとするかもしれないと思えたのだ。

彼女を誰にも渡したくない――。

唐突にそんな感情を胸にした。同時に焦りも覚える。

「さあ、こちらはオルジェ王国の王族のプライベートエリアになります。問題になる前に早々に立ち去りましょう。それにそろそろお父様も鷹狩りからお帰りになられるかと思います。お迎えに出なければ」

アルディーンは世話係の声に後ろ髪を引かれながらも、その場を後にした。

それからアルディーンは父や兄がオルジェ王国に赴く際に何かとかこつけては、一緒に訪れ、ハルキに再会する機会を狙っていた。しかしあれから一度も彼女には会えなかった。

ハルキは母親である第三王妃と一緒に離宮へ閉じ籠もっているらしく、アルディーンが訪問する王宮にはいなかったのだ。

人を雇って、ハルキの動向を調べさせ、まだ彼女に結婚の話が上がっていないこと、それらしい関係の男性がいないことを常に確認し、彼女の身辺には気を遣っていた。

父に結婚したいと直談判したこともある。だが、まだお互いに子供で若すぎるのと、やはりハルキの躰が弱いことがネックで、なかなか許しを得ることができなかった。

せめてお前が十八歳になるまでは、結婚は駄目だ――。

そう言われ続け、アルディーンも十七歳になっていた。父の許しが出るまで後一年。

だが逆に、ハルキと会ってからもう八年も経っていた。八年の間、アルディーンにもそれなりに色々あったが、それでもいつも心のどこかで、彼女を忘れることができなかった。

あれから八年もずっと会えない王女に恋い焦がれている。たぶん、これはもう運命だ。彼女がどんな姿に変わっていても、この気持ちは変わらない。姿形だけでなく、彼女の持つ『気』にも惚れ込んだのだ。

何としてでも彼女に会えるきっかけを得なければ――。

アルディーンは去年から、父や兄の用事の他に、ハルキに何か繋がらないかと、定期的にお忍びでオルジェ王国へ訪れるようになっていた。

その理由を知らないすぐ下の義弟、シャディールは、お忍びで頻繁に出掛けるアルディーンを変わった男だと評している。だが、アルディーンから言わせてもらえば、シャディールだとて、愛しい男を追ってイギリスのパブリックスクールへ転入したのだから、同じようなものだ。

そう主張したいのだが、シャディールにオルジェに出掛ける理由が言えないため、敢えて不名誉な『変わった男』という名称に甘んじている。

この国を訪れる理由が言えないのは、あまりにも純愛すぎて、恥ずかしいからだ。本来ならアルディーンの柄ではない。

恋は人を変える。まさにその通りだった。

今日も身分を隠し、既に歩き慣れてしまったオルジェ王国の王都を、供の者を撒いて自由に散策していた。

いつもと違う道を行ってみようと、路地へと入り込む。大通りから少し入ったそこは、一気に人通りが少なくなった。

戻るか……。

そう思った時だった。五人ほどのいかにも素行の悪そうな少年たちが、アルディーンの行く先を塞ぐように現れた。

「こんにちはー、お兄さん、道に迷ったのかな？　俺たちが案内しよっか」

ニヤニヤ笑いながら近づいてくる。

「いや、迷っていないから、案内は結構だ」

「なあなあ、じゃあ、ちょっとお金貸してくんない？　俺たち、財布、どっかに落としちゃってさぁ」

歪な笑顔で告げる少年の手元を見れば、ナイフが隠し持たれている。

まったく、面倒臭いな……。

心で溜息を吐きつつも、お金を適当に置いていけばいいかと軽く算段する。少年たちを叩きのめす術は心得ているが、ここであまり目立った行動をしたくはなかった。お金を出すほうが簡単でいい。

そう思って、言われた通り金を支払おうとした時だった。

「何をしている！」

背後から正義感の強そうな男の声がした。振り向けば、白い民族衣装を纏った凛とした青年が立っていた。

え？　どこかで見たことがある……？

アルディーンが自分の記憶を辿っていると、それまで自分に絡んでいた少年が、その青年に向かってナイフを振り上げた。

「うるせぇよ！　あっちへ行ってろ！」

まずい、あの青年が！

アルディーンがナイフを持った少年を取り押さえようと躰を反転させるが、そんな必要もなく、瞬く間に青年の足蹴りが少年に綺麗にヒットした。

「え……」

あまりの見事さについ見惚れる。まるで爽やかな風が吹いたようだった。精霊が舞うような華麗さとでも言うべきであろうか。何か武術をやっているに違いない強さだった。

脇では少年がドサッと音を立てて地面に倒れ伏したが、そんなのは無視だ。

「君たち、観光客を相手に何をしている」

透き通った声がアルディーンの鼓膜を擽る。目の前に立っていたのは、美しい容姿をした青年だった。

真珠色の肌、そして桜色の唇。何よりもアルディーンの心を摑んで離さない澄んだ光を宿した黒い瞳――。

ハルキ王女――！

アルディーンはすぐに気が付いた。男装をしているが、彼は間違いなくハルキだ。八年ぶりに見たハルキは相変わらず清廉で、気品が漂っており、アルディーンをまた一目惚れさせた。

「大丈夫か？　君」

ハルキはアルディーンに気付いていないようだ。無防備に顔を近くに寄せられ、思わずドキッとする。

「あ、ああ……すまない。大丈夫だ」

まずい……。これは、ハルキ王女にかっこいいところを見せないといけないな。面倒臭いなどと言っている場合ではなくなった……。

アルディーンは作戦変更とばかりに、手を組み、ボキボキと指を鳴らした。

「少し油断したが、これくらいの輩、速やかに退散していただくことくらい造作もない」

そう言うと、周囲にいた少年らが叫んで飛び掛かってきた。

「何だと！」

隙がありすぎる素人の攻撃を、アルディーンは故国の軍隊で習った体術で急所を外しては次々と投げ飛ばしていく。殺さない程度に手を緩めるのも面倒だが、ハルキに怖い思いもさせたくないので、一応手加減をしておく。

まったく歯が立たないのをやっと理解したのか、少年たちが後ずさりする。すると、ハルキが突然横から声を出し、アルディーンを止めてきた。

「君、悪いがそこまでにしてくれないか。君たちもこれに懲りて、観光客から金を奪おうと思うな、わかったな。オルジェが野蛮な国だと思われるだけだぞ。さあ、行け」

　少年らはハルキの声を助け船とばかりに慌てて逃げていった。ハルキはその少年らの背中を見届けた後、アルディーンに改めて顔を向けた。

「すまない。君に迷惑を掛けてしまった」

　真っ直ぐアルディーンを貫いてくる瞳は、間違いなく王宮の庭で出会った少女のものだ。

「いや、大丈夫だ。少し私も油断していた」

「はは……、君、強いよね。助けるまでもなかったな。でも、詫びだけはしたい。彼らが貧困で誰かから金を奪わないとならない生活をしているのも、この国の問題なんだ。君に迷惑を掛けて申し訳ない」

「……いや、君こそ強いな、驚いたよ」

「少し腕には覚えがあるから」

　そう言って爽やかに笑う彼に思わず、また見惚れてしまった。だが同時に彼女が男装しているようには思えなかった。多少華奢ではあるがどう見ても男性である。

　別人？　またはハルキ王女の兄か弟？

　だがアルディーンが取り寄せた調査書には、ハルキに男の兄弟がいるという記述はなかった。第三王妃にはハルキしか子供がいない。

　では、やはり男装――――？

「君も早く大通りに戻ったほうがいいよ。じゃあ」

アルディーンが色々考えているうちに、青年はその場から去っていこうとした。慌てて、彼の手首を摑む。

「え？」

彼が驚いたように振り向いた。その少し見開いた瞳とかち合い、アルディーンの心が吸い込まれる。

もう、男でも女でも構わない。彼だ。彼しかいない。

「ああ、すまない。暴漢に襲われて、柄になく不安になっているようだ」

彼を引き留めたくて、不安になったなどという、あり得ない嘘を吐いてみる。

「大丈夫か？」

案の定、彼が心配そうに表情を歪めた。

「ああ、どこか、お茶でもできる場所はないだろうか？　それで、できれば……でいいんだが、君も一緒にいてくれないだろうか。少し動揺しているようだ」

「そうしたら、すぐそこにカフェがあるけど……。本当に病院じゃなくてもいいか？」

「病院なんてとんでもない。少し落ち着きたいだけだ。悪いが、お茶に付き合ってくれないだろうか？」

「そうだな……。まだ時間はあるし、付き合おうかな」

「ああ、ありがとう。すまないな、恩にきる」

「いいよ。僕も一人でお茶をするより、誰かと一緒のほうが楽しい。じゃあ、こちらへ」

ハルキが誘導してくれる。アルディーンは前を歩くハルキの警戒心の無さに心配になった。箱入り息子というところだろうか。

今はそのお陰で彼とお茶をすることができたが、今後、他の男や女に同じように接することは、やめさせなければならない。危険ということもあるが、一番厄介なのは、変に相手が誤解して、恋愛に発展する事態に陥ることだ。ライバルは現れる前に排除するに限る。

そんなことを考えていると、ハルキがくるりと振り返って笑顔で尋ねてきた。可愛い。

「そういえば、君の名前を聞いても？」

「カ……アルディーンだ。親しい者にはそう呼ばれている。君は？」

「あ……っと、ハルキ」

彼の口からその名前が飛び出し、アルディーンの心臓が止まりそうになった。

やはりハルキ――――！

だがここで変な反応をしては警戒される。素知らぬ顔で接するしかない。

「珍しい名前だな。この国の名前じゃないだろう？」

「ああ、ハーフなんだ」

「どこの国と？」

少しずつ、自分の知っているハルキと本当に同一人物なのか探りを入れる。

「……日本。それ以上はあまり聞かないでほしいな」

「ああ、すまない。じゃあ最後に一つだけ教えてくれ。日本というのは名前を構成する字に意味があると聞いたんだが、君の『ハルキ』というのはどういう意味なんだい？」

「ああ、漢字っていうんだけど、僕は空が晴れるの『晴』に、希望の『希』っていう意味の漢字が付けられていて、未来が明るく希望に満ちているようにって意味があるらしい」

「未来が明るく希望に満ちている、か……。晴希、いい名前だな」

「ありがとう。僕も気に入っているんだ。ああ、ほら、あそこのカフェ。欧米式の珈琲が飲めるんだ。あそこでいいかい？」

「ああ、もちろん」

そう答えながら、アルディーンはさりげなく晴希の隣に並び、その躰をチェックした。胸の膨らみなど皆無であり、僅かな喉ぼとけも確認できる。どう見ても彼が男装ではなく、男性だと判断せざるを得ない。

晴希王女が男……。

では、子供の時は女装をしていたということか？　どうしてそんなことをしていたのかは、追々調べるとして、これから先、彼を手に入れるのは、なかなか骨が折れそうだ。

もちろん諦める気はないが。

「席、空いていそうだ」

彼がアルディーンの思惑にも気付かず、無邪気に話し掛けてくる。アルディーンは彼に応えるべく、口許に笑みを浮かべた。

もう絶対逃さない、晴希――。

心に新たに誓い、それから晴希を自分のものにすべく、動き出したのだった。

＊＊＊

そして、あれからもう七年だ――。

やっと晴希を形だけだが手にすることができた。

この七年間、一緒にいればいるほど、彼が高潔で清廉な青年であることがわかり、益々惹かれていくのを止められなかった。

文武両道なこともあり、知識も豊富で会話も飽きない。多少は世間知らずなところはあるが、優しく家族思いで、友人であるアルディーンのことも大切にしてくれる友情に篤い男は、アルディーンの心を摑んで離さない。

会うたびに、どうしようもなく晴希に惹かれた。彼を悲しませる結果になっても、この手で奪い去りたいと、獰猛な気持ちを抱いたことは何度もある。

もちろん彼を悲しませることは絶対しないつもりだったので、アルディーンもぎりぎりのところで耐えた。すべては彼を愛しているからだ。

「お前はいつ私の気持ちに気付くんだろうな、晴希――」

思った以上に寂しげな声が浴場に響いてしまい、アルディーンは苦笑するしかなかった。

◆
Ⅳ
◆

　さらりとしたリネンのシーツが晴希の頬に触れた。

　あ……。

　深い眠りから意識が浮上する。すぐに温かく張りのあるものに包まれていることに気付いた。本能的に重い瞼を開けると、アルディーンの顔が間近にあり、驚いて声を上げそうになるが、どうにか押しとどめる。

　晴希はしっかりとした体躯のアルディーンに抱き締められ、ベッドで横たわっていた。

　うわぁぁ……。

　一瞬頭が真っ白になる。だがここで意識を手放すわけにはいかなかった。懸命にここまでに至った経緯を探る。だが、大浴場で事に及んだ以降の記憶がない。記憶はないが、自分が快楽に溺れ、あられもない声を出したことは覚えていた。

　まずい……。相当まずい。破廉恥な声を上げてしまった。アルディーンに呆れられる。

　彼とはちょっとした事故のようなものとは言え、セックスをしてしまった。こういうことは初めてだった晴希は、自分が上手くできたのかもわからない。

淫乱だとかアルディーンに思われていたらどうしよう――。

青くなるしかなかった。

改めてアルディーンの顔をちらりと見る。整った顔で、セックスをする相手には困らないと一目でわかる男ぶりだ。

彼の顔を見つめているうちに、動揺していた気持ちが落ち着いてくる。すると今度は彼の行動に疑問を抱かずにはいられなかった。

どうしてアルディーンは僕と結婚し、こうやって躰を重ねようなんて思ったんだろう。僕なんて相手にしなくても、君の相手をしたいと思っている女性はたくさんいるはずなのに――。

そう思うと、急に胸が苦しくなった。彼が享受すべき多くのものを、晴希の嘘がきっかけで失わせてしまったような気がしたからだ。

どうして――？

答えはわかっている。彼が優しいからだ――。

ストンと晴希の胸に答えが落ちてきた。

晴希が男だとばれないように、父親の決めたこの結婚を断れなかったアルディーン。あと両国の関係にひびを入れたくなかったのもあるだろう。第五王子としての責務を全うしたのだ。

　ごめん、アルディーン……。

　何度謝っても済むものではない。母と晴希が吐いた嘘が、彼を巻き込んでしまったのだ。こんな歪（いびつ）な婚姻関係を結ぶことになったのは晴希が原因だ。

　せめて彼には絶対幸せになってもらいたい――。

　新たに心に誓う。晴希には過ぎた親友だ。彼が晴希たちの嘘から解放されたら、本当の幸せを摑（つか）んでほしかった。それがこれからの晴希の切なる願いになる。

　そこまで考え至って、ふと今までとは違う感情が晴希の胸から湧（わ）き起（お）こった。

　寂しいな……。

　どうしてか、このまま彼と一緒に生きていきたいという強い想（おも）いが心の底で芽生えているのを無視できない。心の制御など子供の頃から慣れていたというのに。

　やだな……。どうしたんだろう。まるで僕がアルディーンのこと、好きみたいだ……。

　好き。そう、ずっと大切な親友だと思っていた。壁の中に閉じ籠（こ）もっていた白分に手を差し伸べ、世界を少しずつ教えてくれたのは彼、アルディーンだ。

　友達の『好き』の延長だ。きっと――。

　きゅっと目を瞑（つぶ）って、彼の胸元に顔を埋（うず）める。すると鼻先に当たったアルディーンの胸が僅（わず）かに動いた。恐る恐る視線を上に向けると、彼の穏やかな黒い瞳（ひとみ）とかち合う。

「目を覚ましていたのか？」

彼の甘い声が鼓膜に響く。どうしてか晴希は、それだけで心臓が甘やかに爆ぜた。

「私たちは新婚だから、呼ぶまでは誰もこの寝室には入ってこない。ゆっくりしていろ」

「う……うん」

小さく答えると、彼の双眸が優しげに緩む。まるで愛されているような錯覚を抱き、心臓が悲鳴を上げそうになった。

「今日から一ヵ月、父王から私も休暇をいただいた。結婚式が急だったから、新婚旅行まできちんと決められなかったが、どこか行きたいところがあったら、言ってくれ。もちろん新婚旅行のために、また新たに休暇を取るから、出掛ける先でもゆっくりしよう」

アルディーンが晴希の額にそっと唇を寄せ、チュッと音を立ててキスをした。

うわぁ……。

恥ずかしさに晴希は顔が真っ赤になる。こんなにアルディーンが甘い男だとは知らなかった。

どうすることもできずに固まっていると、アルディーンがくすりと笑う。そして晴希の旋毛に吐息交じりで話し掛けてきた。

「昨夜は善かったか？」

「え……？　あ……」

かぁっと熱が躰の芯から湧き起こり、真珠色の肌が赤みを帯びる。きっと耳朶まで真っ赤だ。だがいつまでもこんなことでたじたじしていては、これから先、アルディーンと対等にいられない。晴希は拳にぐっと力を入れて、彼に対峙した。

「いや……その、善かったかって、そういうこと、普通聞くか？」

アルディーンのデリカシーの無さに批判の目を向けると、小動物でも愛でるような表情をされる。頼むからそんな目で見ないでほしい。

「失神するほど気持ちよかったのかと思ってな」

「ああ、もう、忘れてくれ。僕だってあんな姿を見せて、悪かったって思っているよ」

もう素直に認めるしかない。素直に認めて話を終わりにしたかった。だが、てっきりからかっていると思っていたアルディーンが、意外と真面目な顔で晴希を見つめてきた。

「どうして悪いだなんて思うんだ」

「え？　男なのに、あんなに……その……みっともないだろ」

「みっともない？　どうしてそんなことになるんだ？　寧ろお前を悦ばせたのは私だと思ったら、嬉しいくらいだ」

「う、嬉しい⁉」

思ってもいないことを言われ、声が裏返りそうになるくらい驚いた。

「ああ、男だったら自分のテクで相手が悦んでくれるほど、嬉しいものはないだろう？

お前があんなに感じてくれたかと思うと、抱き甲斐があるというものだ。次回はもっと悦ばせてみせよう。期待しておいてくれ」

「ええっ⁉　次回？　って……もっとって、もうこれ以上はちょっと……んっ……」

素早い動きで唇を奪われた。

こ、こいつ、色々と手が早くないか――？

アルディーンの誑しぶりに翻弄されていると、彼の手が晴希を弄ってきた。昨夜の行為でまだ赤くぽってりと腫れた乳首を指の股で挟まれ、ぐりぐりと捏ねられる。

「あっ……だ、め……」

え？　昨夜だけじゃないのか？

「夫婦の営みだ。晴希も早く慣れないといけないだろう？」

アルディーンの言葉にぎょっとする。催淫剤のせいで昨夜は事に及んでしまったが、それだけじゃないのだろうか。もしかして夫婦としてこれからもこうやって肌を重ね合うことがあるというのか。

どうしよう――。

嫌なのか嫌じゃないのか、自分のことなのにわからない。ただどうしてか、一方的に突っ撥ねることができなかった。

「私のことが嫌いなら正直に言えばいい。そうならば私もお前になるべく触らないよう努力する」

「き、嫌いって……そこまでは」

「ならお前に付け込んで、このまま進めるぞ」

「付け込むって……アルディーン、あの、僕たちは、夫婦だけど、こういうこと込みで夫婦なのか？」

「嫌か？　私はそのつもりでいたが、晴希は違うのか？」

「え……」

確かに、違うとはっきりと答えられないところがあった。

昨夜もアルディーンが口にしていたが、この新婚の時期に、アルディーンが他の女性を抱いたことが公になれば、かなりの醜聞になる。もしかしたら、オルジェの父王の耳に入って、友好関係にひびが入るかもしれない。

だがアルディーンは正常な男子だ。しかも淡泊な晴希よりはかなり盛んだと思われる。その彼の性の捌け口が晴希のせいで失われることを考えると申し訳ない気持ちになった。

それに――――。

『僕も男だ。偽装であっても結婚するなら、アルディーン、君をできるだけ幸せにするつもりだ』

結婚前、彼に対してそう約束したのは、他でもない自分だった。彼にできるだけ不便を感じさせたくはない。

抱かれることには正直抵抗がある。しかし、友情の延長上にある感情のせいなのか、彼に抱かれてもいいという欲望が顔を覗かせているのも事実だった。

「嫌とか……そういうのではなくて、心の準備がいるというか……」

「嫌でないのなら、手を緩める気はない。お前を手に入れるまでだ」

「アルディーン……」

どこか愛の告白を受けているような気がするが、そんなはずはないので、彼の顔を見つめたまま固まるしかない。するとそんな晴希の様子を悟ったのか、アルディーンが表情をふっと和らげた。

「晴希、そんなに緊張するな……」

そう彼が優しく笑った時だった。

「殿下、申し訳ありません。少しよろしいでしょうか？」

呼ぶまで誰も来るはずのない寝室に、ドアの向こう側から従者の声が聞こえた。

「どうした、ハサディ。しばらくは下がれと言っておいたはずだが？」

アルディーンの声に鋭さが混じる。

「申し訳ありません。シャディール殿下が火急の要件があるとお越しになりまして」

「シャディールが？」

アルディーンのすぐ下の義弟で、親しい間柄の第六王子だ。

「はい、お断り申し上げたのですが、どうしてもと……」

その声にアルディーンが晴希の顔を見つめてきたかと思うと、小さく溜息を吐く。そして晴希に申し訳なさそうに表情を歪めながら、ハサディに答えた。

「シャディールか……。そこまで言うなら奴のことだ。何かあるのだろう。仕方ない」

アルディーンはベッドから起き上がると、その雄々しい躰を隠すことなく陽に晒す。思わず見惚れそうになり、晴希は慌てて視線を外した。そこにアルディーンから声が掛かる。

「晴希、支度ができたら、顔を出してくれないか。結婚式でも顔を合わせたと思うが、改めて義弟を紹介しよう。それから女官はサーシャではなく、私が用意した女官を呼ぶが、それでいいな」

「ああ、ありがとう」

サーシャに秘密にするという約束を覚えてくれていたようだ。アルディーンはハサディに晴希の着替えを手伝うように伝えると、自分は素肌にガウンを羽織っただけの軽装で部屋から出ていった。その様子から見ても余程気心の知れた義弟なのだろうことが推測できる。

「さあ、急いでせめて下着だけは着けないと……」

アルディーンと違って、裸を見られるのには抵抗がある。晴希は急いで、ベッドの周囲を見渡した。

「う……下着がない」

どうやら浴場で脱いで、そのままにしてきたようだ。意識のなかった晴希をここまで運んでくれたアルディーンには礼を言いたいが、自分の服だけ持ってくるのではなく、晴希のものも持ってきてほしかった。

「もうアルディーンの物でもいいや。とにかく何か……え」

はらりと肩からデュベが落ちる。その下から現れたのは、数えきれないほどの赤い痕。

「虫刺され……？　じゃない！　これはっ……」

晴希は慌ててデュベを躰に巻いた。心の中で悲鳴を上げる。肌に残されたおびただしい数の赤い痕はキスマークだったのだ。

「アルディーン、あいつぅっ……」

唸る。だが当の本人は涼しい顔をして、もう部屋から出てしまっている。文句を言いたくても言えない。そうしている間に、女官たちが支度を手伝うためにやってきてしまった。即行でデュベに潜る。

「妃殿下、朝のお支度のお手伝いをさせていただきます」

声を掛けられたが、デュベから出られず、顔だけどうにか出して対応した。

「あ、あの……まずは下着をこちらへ渡してもらっていいでしょうか」

「は、はい？」

この後、晴希は女官全員に後ろを向いてもらって、キスマークだらけの躰に下着を着けるという苦行をしいられたのだった。


美しい緑のロングドレスの上に黒のアバヤを纏う。アラブの王族の女性はアバヤの下にかなりゴージャスなドレスを着ることが多い。晴希が女性物のドレスを身に着け、更に薄い化粧を施されてから客間へ行くと、既にアルディーンは義弟のシャディールと何か話し込んでいた。

シャディール・ビン・サディアマーハ・ハディル。デルアン王国第三王妃である母親はロシア人で、その血を色濃く受け継いで、金の髪に青い瞳をした偉丈夫である。

「晴希、こちらへ」

アルディーンに呼ばれ、客間の中央まで歩く。するとシャディールが驚いたように目を大きく見開いた。

「は、これはまた綺麗に誤魔化したものだな」

女装がばれたのかとドキリとする。アルディーンを見上げると、彼が小さく笑った。

「大丈夫だ。シャディールにはお前が男であること、その経緯も含め、すべて話してある。それを踏まえて、私たちの味方でいてくれる」

「え……」

「シャディールの伴侶も男なんだ。そういう意味ではお前の相談役にもなってくれるだろうし、味方でもある」

初めてアルディーン以外にも男の伴侶を持つ王子がいると聞かされて、心が軽くなるような思いがした。それでどれだけ自分がこの国に来てから緊張していたかがわかる。

「改めて紹介しよう。シャディール、我が妻、晴希だ」

「アルディーンの伴侶とは、本当に大変だな。我が義兄ながら、一筋縄ではいかない男だ。まったく同情するよ」

「あ、いえ。アルディーンはとても優しいので、僕のほうこそ、彼に迷惑を掛けないようにしなければと思うほどです」

そう言うと、何故かその場が一瞬静かになった。

「……何か？」

いきなり二人が黙ってしまったので、どうしたのだろうと尋ねると、シャディールが額を押さえた。

「完全にアルディーンに騙されている……」

「は？」

　はっきり聞こえたが、聞き間違いかと思い問い返すと、シャディールの背中をアルディーンが強く叩いていた。

「痛っ……」

「シャディール、人聞きの悪いことを言うな」

　そう注意し、すぐに晴希に向き直った。

「晴希、本当にそんなことを思っていたのか？　私はまったく迷惑ではないから、もっと頼ってくれ。寧ろ、頼ってくれたほうが嬉しい。私たちは夫婦だろう？」

「アルディーン……」

　彼の優しさに胸打たれていると、隣でシャディールが小さく呟いたのが聞こえる。

「……やっていられないな」

　何がやっていられないのか、わからないが、そんなことを言っていてもシャディールの顔は笑みに満ちていたので、あまり心配することはないかとスルーする。

「ともあれ、今後ともよろしく、晴希」

　シャディールが握手を求めてきたので、晴希もそれに応えようと手を伸ばした。だが、

「晴希に触るな、シャディール」

　晴希の背後で低く地を這うような声が響いてきたと同時に、パシッとシャディールの手

を払うアルディーンの手があった。

「アルディーン！」

いくら義弟だからといって、失礼な態度をとるアルディーンを咎めようとしたが、逆に彼から真剣な表情で注意を受ける。

「晴希も私の妻になったんだ。他の男の手を取るようなことはやめてくれ」

「……え？」

他の男の手を取るって……握手だぞ？

「晴希、この男は嫉妬深いどうしようもない奴だ。取り敢えず今は頷いておいたほうがいいぞ」

シャディールからそんなアドバイスも飛ぶ。

「そ、そうか。わかった」

言われた通り、取り敢えず頷くと、アルディーンに手を引っ張られ、腕の中に囚われてしまった。一方、シャディールはそんな義兄を笑っている。どうやら仲の良い義兄弟のいいおもちゃにされているようだ。

「それにしてもシャディール、新婚初夜を終えたカップルのところへ来るには早い時間帯だぞ。せめて夜に来い」

「夜に来ても一緒だろう。お前が簡単に花嫁を離すはずがあるまい」

「それはそうだ。だが、そこまでわかっていて、何故、こんな早く来る」

「なにが早い、だ。もう昼を過ぎているぞ」

晴希もはっきり時間の確認をしていなかったが、窓から差し込む陽の傾き具合から考えても、昼はとうに過ぎているだろう。

こんな時間までアルディーンと一緒のベッドにいたことを知られているなんて、いたたまれない。

よく考えれば先ほどの女官たちも、昨夜の行為について勘づいているはずだ。

わあぁぁ……。

魂が抜けそうになる。できればこのままはかなく消えてなくなりたい。だが一方、アルディーンはすべてを知られても平気なようで、シャディールに対しても堂々としていた。

彼と晴希とでは心臓の作りが違うようだ。いや、もしかしたら素材から違っているのかもしれない。彼のは紛れもなく『鋼鉄』だろう。

「大切な式を終えて、心身ともにお互いを愛す時間だ。昼過ぎでも早いに決まっている、なぁ、晴希」

惚気交じりの言葉に、頷くこともできず、恥ずかしくて耳を塞ぎたくなるが、そんな晴希の代わりに、シャディールが答えてくれた。

「大切な式って……アルディーン、お前からそんな殊勝な言葉を聞くとは思っていなかったぞ。以前だったら、式なんてルーチンの一つくらいにしか思っていなかっただろう？」

「そうだな。だが晴希と育むものなら話が別だ。イベント一つ一つがとても意味がある大切なものだ。こんなに心が歓喜したことなどない」

「はぁ……」

シャディールもとうとう惚気にあてられ、言葉を失ったようだ。もちろん晴希もりんごのように顔が真っ赤に染まった。

アルディーン……、いくら契約結婚がばれないよう偽装しているとはいえ、惚気すぎじゃないのか？　すべてを知っている義弟相手なら、普通でいいのに……。

晴希はそう思いながらも、アルディーンの胸の中に大人しく収まっていた。

「それにしても、シャディール、お前が昼間から顔を出すとは、慧がいないということか。慧がいたら、お前もベッドでまだ睦み合っている頃だろうからな」

「慧は自分で立ち上げたＮＰＯで、教育現場の視察に朝から出掛けてしまった」

「ほぉ……できる妻を持つと大変だな」

「大変じゃないさ。いつも気を張っている慧を甘やかすのが大好きだから問題ない。それに私にしか甘えないところにも惚れている」

今度はシャディールに真摯な顔で惚気られ、この義兄にしてこの義弟ありと、晴希は思わず唸ってしまう。

「相変わらず仲睦まじいようだな」

「当たり前だ。やっと落とした慧だ。大切にしている」

　幸せそうに笑うシャディールを見て、晴希も胸がほっこりする。同時に、こんな風に彼に愛されている慧という人物に会ってみたいと思った。結婚式には参列してくれていたと思うが、個別に話すことはなかったのだ。

「まあ、シャディール、お前もかなり苦労したよな」

「確かにな。だがアルディーンの『懲りずに長く攻めれば、必ず隙が生まれる』という言葉を思い出して、粘り強く攻めた甲斐があったということだ」

「フン、そんなことを言ったか？　だが私の言葉がお前の手助けになったのなら、一つ『貸し』ということだな」

「怖いな、言うんじゃなかった」

　シャディールは笑いながら、またソファへと座った。晴希もアルディーンに促されるまま、シャディールの前、アルディーンの隣に座った。

「アルディーン、さっきの話、晴希にも伝えておいたほうがいいと思うぞ」

　座った途端、晴希の名前が出てきたことに驚き、アルディーンの顔を見上げた。

「嘘を言っても仕方がないから、正直に言うが……」

　シャディールのいつにない真剣な声に晴希は首を縦に振った。

「昨日の結婚式で不審な動きを見せた大臣がいたらしい」

「大臣？」

式で会った何人もの大臣の顔を思い浮かべる。

「ああ、たまたまシャディールの従者が耳にしたらしいのだが、晴希が男である証拠を掴んでこいと、こそこそと命令している大臣がいたらしい」

「な……」

母と一部の人間しか知らなかった極秘中の極秘の話であったのに、それが第三者へ漏れていることにショックを隠し切れない。

「事が事だったから、初夜明けだとは思ったが、これでもある程度配慮して急ぎで伝えに来たんだ」

「そんな……どうやって、その秘密を耳にしたんだ……」

自分が男であることがばれたら、父王だけでなく、今や、デルアン王国の国王までたばかったことになる。晴希だけが処罰されるならまだしも、母や、アルディーンまでもが共犯として処罰されることになったら、とんでもない。なんとしてでも嘘を貫き通したかった。

「アルディーン、僕、一度、オルジェに身を隠したほうがいいんだろうか？　ここにいたら、大臣の手によって嘘が暴かれてしまうかもしれない。もしそうなったら——」

膝の上に載せていた拳に力が入る。すると晴希の拳をアルディーンの手が優しく包み込んだ。

「大丈夫だ。お前のことは私が守る。そんな暗い顔をするな。お前を幸せにすると誓ったんだ。こんなことでお前を泣かせたりはしない」

アルディーンが晴希のことを思ったがゆえの言葉だが、晴希は守られるだけの立場にはなりたくなかった。アルディーンに降り掛かる火の粉はできるだけ払うのが、伴侶としての晴希の務めだとも思っている。

「アルディーン、僕だって君を幸せにするって誓ったんだ。僕が元凶で君に何かあったら、後悔してもしきれない」

「――晴希」

アルディーンの瞳が僅かに見開く。

「君だけでどうにかしようと思うな。僕だけがのうのうと平和に暮らすなんて……そんなことが僕の幸せだと思うな。君と共にいることが一番なんだ。それが伴侶というものだろう？　僕だけ守るなんて許さないからな」

自分の手を未だ握ったままのアルディーンをきつい双眸で見上げた。だが彼の瞳は喜びに満ちていた。

え？

「そんなことを考えてくれていたのか？　晴希！」

「な、なに？」

　深刻な話をしているのに、いきなりアルディーンが満面の笑みを見せた。あまりの違和感に躰を少し退ける。だがそれを逃がさんとばかりに、アルディーンがきつく抱き締めてきた。

「晴希、そんなに私のことを心配してくれていたとは……なんと頼もしい。私はお前にやはり愛されているのだな」

「あ、愛されているって……大袈裟な。僕だって君のことは大切だし、何かあったら心配で堪らない。君は僕のことを何だと思っているんだ。大切な伴侶に何かあっても心配もしない冷たい男だとでも思っていたのか？」

「ああ、すまない。そうだな、晴希は昔から優しい男だった。ありがとう、晴希」

　こめかみにキスをされる。シャディールが見ているのではないかと、慌てて前に座る彼を見たが、案の定、呆れた顔をしてこちらを見ていた。

「ア、アルディーン、ちょっと、人前だぞ」

　自分に近づいてくるアルディーンの顔を手のひらで押さえる。そうでもしなければ、何度もキスをされそうだった。だが、アルディーンは懲りることなく、晴希の手を掴んで、尚、迫ってくる。演技にしては少々やりすぎだ。

「大丈夫だ。これは見ていない振りをしてくれる気の利いた義弟だ。気にすることはない」

「いや、君が気にしなくても、僕が気にする。もう、ごめんなさい、シャディール殿下」

　アルディーンの野蛮な振る舞いを晴希が謝るが、シャディールはまったく見当違いな返答をしてきた。

「殿下はいらない。私も晴希のことをそのまま呼ばせてもらっているからな」

「いえ、そういうことを今、言っているんではなくて……っ」

「わかっている。新婚カップルの初夜明けに来た私が莫迦だった。気にするな」

「ええ……」

　味方なし、と言ったところか。晴希の肩の力ががっくりと抜ける。油断した隙に、そのままアルディーンにぎゅっと横から抱き締められてしまった。顔が近くて、晴希の心臓が急にばくばくと激しく鼓動する。

「ほら、晴希。シャディールもそう言っている。我々はもう少し新婚一日目という記念すべき日を愉しまないといけないのではないか？」

「そ……そうなのか？」

　二人の義兄弟に翻弄され、どう答えていいかわからない。ある意味、板挟みだ。そこに救いの神とも思われるノックが聞こえた。ドアの外から使用人の声が聞こえる。

「カフィール殿下、お食事の用意が整いました。いかが致しましょう」

その声に、取り敢えずほっとする。このままアルディーンに抱き締められていたら、心臓がどうにかなりそうだった。なぜか平常心でいられなくなりそうで、どきどきする。

「ああ、すぐに行く」

アルディーンはドアに向かって答えると、晴希への拘束を緩めた。

「シャディール、昼を一緒に食べていくか？　我々もまだ食べていないんだ」

「いや、やめておくよ。馬に蹴られたくないからな」

そう言って、シャディールはソファから立ち上がった。アルディーンも一緒に立ち上がったが、しつこく引き留めることなく、あっさりと承諾する。

「なるほど、賢明な判断だ」

「じゃあ、また何か動きがあったら連絡する。サダフィ大臣には気をつけろよ」

「ああ、わかった。わざわざすまないな」

「いいさ、アルディーンの腑抜けっぷりを見ることができたしな」

「あの、今度はぜひゆっくりしていってください」

晴希が帰ろうとするシャディールに声を掛けると、彼が何かを思い出したかのように、晴希のほうへと近寄り、耳元へと屈んだ。

「晴希、義兄はああ見えても一途な男なんだ。君にメロメロで、君を手に入れるため相当我慢をした。どうか義兄をこれからもよろしく頼むよ」

「え……」

我慢した？　どういうことだろう。それにメロメロって？　アルディーンは、僕との結婚は偽装であることを、義弟には伝えていないのだろうか？

色々と疑問に思うことがたくさん出てきたのだが、シャディールは意味深な言葉を残して、そのまま帰っていってしまった。

「晴希」

シャディールの背中が見えなくなった頃、背後からアルディーンの声が聞こえた。声のするほうへ振り向く。

「帰りがけに、シャディールに何か言われていただろう？　何を言われたんだ？」

「え？」

今言われたことを、さすがにそのまま伝えるのは恥ずかしすぎる。

「お幸せに……みたいなことを言われたんだが……アルディーン、君、義弟に僕が男であることは伝えたのに、この結婚が偽装であることを伝えていないのか？」

「ん？」

アルディーンがとぼけたような顔をする。その表情から義弟には伝えていないことがわかった。

「人前であんなにべったりするのは……ちょっと恥ずかしいんだけど……」

「二人きりだったらいいのか？」

指先を捕らえられる。ただそれだけなのに、どうしてか逃げられなくなった。

「いや、そういうことではなくて……」

どきどきしてきて、視線をアルディーンから外す。すると摑まれていた指先が持ち上げられ、彼の唇が触れた。

「悪いが、晴希。私たちは皆の前で仲睦まじい夫婦であることを見せないとならないんだ。人前でのキスはもちろんだが、これからは習慣づけるためにも、二人きりの時でもどんどんキスをするぞ」

「ふぇ……」

変な声が出てしまった。

「ほら、こうやって……」

彼の唇が今度は晴希の唇に重なった。だがすぐに離れていく。慌てて晴希はアルディーンに囚われていないほうの手で自分の唇を隠した。彼の優しく細められた双眸と目が合う。

「そんな可愛い顔をしていたら、付け込まれるぞ？　私は悪い男だからな」

「付け込まれるって……。君だって、そんなに優しかったら、僕に付け込まれるかもしれないぞ。意外と僕もしたたかだったらどうする？」

そう問うと、アルディーンが目を丸くする。そしてすぐにくしゃりと笑った。

「それならそれでいい。お前に付け込まれるなら本望だ」

「……なんだよ、それ。君、どこまでもいい人なんだな」

「いい人？　違うな。私はお前だからそれでいいと思っている。他の人間だったら相手もしないぞ。私はお前が思っているより、他人には薄情なところがある」

他人には……。そうか、彼は僕を家族として扱ってくれているんだ……。

「アルディーン……」

「ん？」

なんだかとても嬉しくなった。結婚して伴侶となるということは、彼と家族になるということでもある。そんな当たり前のことをたった今、気付いてしまった。

「ありがとう……」

「あ――――」

アルディーンが照れたように頭を掻く。だがすぐに晴希を引き寄せて、その頬にキスをした。そして素早く小さな声で呟く。

「私は別に偽装だとは思っていない」

「え？」

彼をすぐに見つめるが、アルディーンはわざと視線を逸らしているのか、こちらを見ずに口を開いた。耳が赤くなっているように見えるのは気のせいか。

「さあ、食事の支度ができている。早く行かないとせっかくの料理が冷めてしまうぞ」

「アルディーン」

彼が部屋の扉を開けると、その向こう側には何人もの使用人が並んでおり、とても話ができる雰囲気ではなかった。

偽装だと思っていないってどういうことだ？　う、なんだか胸がどきどきするというか、痛いというか変な感じがする。何だろう、このときめきみたいな、心臓が弾むような感じは……。

晴希は先に行ってしまったアルディーンを追い掛けるようにして、後についていった。心臓が逸るのは、急いでいるのが原因だけではないことに、晴希は気付かずにはいられなかった。

＊＊＊

ビュッフェスタイルの豪華なランチを終え、晴希がアルディーンと二人で、プレイルームでチェスを愉しんでいると、オルジェ王国から一緒についてきてくれている乳姉弟のサーシャが控えめに声を掛けてきた。

「少しだけお時間、よろしいですか？」

「いいよ、どうしたんだい？」

アルディーンと肌を重ねたことを秘密にしている身としては、もしかしたら、そのことがサーシャの耳に入ってしまったのではないかと緊張する。

「実は今朝、祖母から速達が届きました」

「速達？」

サーシャの祖母は晴希の母の古くからの使用人で、晴希が男であることを知っている数少ない信頼のおける女性だ。メールではなく速達で手紙を送ってくることで、その内容が他に漏れることをよしとしないものであることが推察できた。

晴希が国を離れる時に、母に何かあったら連絡を寄越すように告げてきたのもあり、不安が走る。

「こちらを」

サーシャが渡してきた手紙を受け取る。そのまま急いで中を確認した。

文面には母が第一王妃にまた嫌がらせを受けていることが書かれてあった。娘の晴希が他国に嫁いだことで、嫌がらせは減るかと思っていたが、そう甘くはなかったようだ。

「母上のご様子は……？」

「すべて無視をされ、いつもと変わらずお過ごしだそうですが、祖母が気を回して、晴希様にお知らせしたようです」

「そうか……心配だな」

ふと視線を落とすと、ぽんと肩を叩かれた。いつの間にかアルディーンが席を立ち、横に立っていた。

「私の休みも一ヵ月ある。近日中に一度、オルジェへ行こう。そして晴希の母上に顔を見せてやるといい。少しは元気になられるだろう」

「ありがとう。そうしてくれるとありがたい。母のことが少し気に掛かるから……」

「ああ、そうだな。だが、気持ちを切り替えたほうがいい。お前まで暗くなっていては、逆に祖国の母上が心配するぞ」

「ありがとう、アルディーン」

晴希は感謝の気持ちを口にし、そのままサーシャに視線を戻す。

「サーシャ、近いうちにスケジュールを調整するから、君も一緒に里帰りをしよう」

「ありがとうございます」

晴希がサーシャに声を掛けているうちに、アルディーンがハサディに何か指示を出していたことには、晴希自身はまったく気づかなかった。

◆　V　◆

結婚式から三日後、アルディーンと晴希の結婚を祝う、国王主催の花火大会が開催される。里帰りをするのはその後にしようということになり、晴希はその三日間を悶々と過ごした。母のこともあるが、一番の悩みはアルディーンのことだった。

新婚生活のほうは偽装結婚なのだから、親友の延長線上の生活だろうと思っていたが、実際は、催淫剤を使用人に仕込まれた初夜だけでなく、何故かそれ以降も、アルディーンに抱かれるようになっていた。

どうして――？

よくわからない。以前ならその理由を平気で聞くこともできたが、今は怖くて尋ねることができないでいた。

じゃあ、やめようと言われるのが怖いのだ。

怖い――。どうして？

また疑問にぶつかる。

親友だから――。

この三日間、自分にそれが正当な理由だと言い聞かせてきた。

だがあまりにも無理がある。何故なら彼の熱を独占する欲を知ってしまった今、自分からそれを手放すことができなくなってしまっていたからだ。

親友だから？

違う。そんな理由ではなかった。この感情は友情の延長線上にはない別のものだ。

恋？　まさか、そんなはずはない。アルディーンとずっと一緒にいたのに、そんな感情が今更湧くなんて、俄かに信じがたい。

「っ……」

気付きたくないのに、気付きつつある。晴希の中で芽吹く想いを。毎晩アルディーンに誘われ、その手を取る自分の感情を。

好き――？

抱かれて彼が好きなことを自覚したなんて、どこの乙女だと自分で突っ込む。

違う。きっとこんな特殊な環境に陥ったから、何かおかしくなっているのだ。

だがそう言い訳する己の想いに、胸が苦しくなった。

「晴希」

「は、はいっ！　はぁ、びっくりした。アルディーンか」

ずっと頭から離れないアルディーン本人に、いきなり声を掛けられ、驚く。

「どうした？　そろそろ出掛けるぞ」

「あ、いや……もうそんな時間だったか？」

今から国王主催の花火を二人だけで見るために、クルーザーで洋上に出ることになっていた。晴希が晴希らしくいられるように、人の目がないところに行こうとアルディーンが計画してくれたのだ。

「ああ、ほら」

アルディーンが手を差し伸べてくる。晴希は胸を締め付ける苦しさに気付かない振りをしながら彼の手を取った。

＊＊＊

夕陽(ゆうひ)が傾く頃、オレンジ色に染まった海を、アルディーンの操縦するクルーザーがゆっくりと進む。少し離れて追従する船は彼の護衛が乗ったものだ。

洋上だけでなく、どこへ行っても一人になれないアルディーンに、息苦しくないか尋ねると、もう慣れたという答えが返ってきた。

晴希の胸が少しだけ切なさに震える。

聞けば、晴希とオルジェ王国でドライブしていた時も、後ろに護衛の車がいたらしいが、晴希はまったく気付けなかった。

確かに晴希も王女という身分で出掛ける時は護衛がついたが、男の姿に戻って宮殿を抜け出す時は、晴希自身が武術を心得ていたのもあり、護衛は一人もいなかった。危険ではあるが、ある意味自由であり、息抜きにもなった。

母もまたそんな晴希をいつも見守ってくれていた。サーシャの祖母からの手紙が気になって仕方ないが、アルディーンがオルジェへ里帰りするのを許してくれたことで、どうにか気持ちが落ち着いていた。

今もたぶん晴希を気遣って、気分が晴れるようにと美しい景色が見えるスポットを回ってくれたのだろう。

アルディーンのさりげない優しさが、晴希の不安を打ち消してくれる。いつかまた自分もアルディーンを守る盾になりたいと改めて思った。

「それにしてもアルディーン、君、船舶の免許も持っていたんだな」

晴希はキャビンの屋根の上に設けられた操縦席、フライブリッジから海を見渡しながら、隣で操縦をするアルディーンに話し掛ける。

夕陽できらきらと輝く海の上を飛ぶ多くのカモメもオレンジ色に染まっており、クルーザーはとても綺麗(きれい)な景色に囲まれて進んでいた。

「ああ、マリンスポーツ全般好きだからな。いちいち人に頼むのも面倒だから、自分で免許を取った」

「君らしいな。ああ、海の風が気持ちいいな……。こうやってクルージングしていると、なんだか、君とドライブした日が遠い昔のように思えるよ……」

アルディーンと会える日が楽しみで、わくわくしていた日々。結婚し、こうやって一緒に人生を歩むようになるなどと、あの時はまったく考えもしなかった。

いつか会えなくなる日が来ると思い、怯えていたのを思い出す。

やっぱりアルディーンのこと、恋愛という意味で好きなのかな……。

ふと心に答えが落ちてきた。

晴希が十五歳の時、町で悪い輩に絡まれていた彼に声を掛けてから七年。その七年の間、ゆっくりと彼に対する恋心が晴希の胸に積もっていたのを、今更ながらに気付いたのだ。

晴希の中で、アルディーンはとっくに特別な位置を占めていた。

どうしよう、こんなに彼のことが好きだったなんて――。

閉じていた心の蓋を開けてしまった途端、アルディーンへの愛が溢れ出す。そして溢れ出したら止まらなかった。

「っ……」

好き。どうしよう、彼の幸せを考えないといけないのに——。

晴希は己の感情に蓋をしようと、ぐっと堪えた。

アルディーンがエンジンを切り、ゆらゆらとクルーザーを波に乗せながら静かに停泊させる。

「この辺りからの眺めがいいかな」

「後ろのデッキへ行こう」

彼に言われるまま、操縦席から後ろに広がるデッキへと移る。デッキには二人掛けのソファが置いてあり、アルディーンはそこに晴希を座らせると、自分も隣に座った。

彼も晴希も水着にパーカーを羽織った恰好をしている。洋上では二人きりだから、晴希も男の恰好でいいと言われたのだ。

太陽が海へ沈み始めていた。辺りがゆっくりと暗くなり、オレンジだった海が少しずつ青みを増し、深い紺色へと移り変わっていく。そしてやがて真っ黒な闇へと染まっていくのだ。

そんな海の変化をアルディーンと二人、ただ黙って見つめていた。

前方には今出港したマリーナが見える。海に面したデルアン王国の首都だ。先ほどまで夕陽が当たって、明るく輝いていたが、今は夕闇に紛れ、あちらこちらの建物に灯りがつき始めていた。

どれくらい経っただろうか。夜空に空砲が轟く。花火が始まる合図だ。

「始まるぞ」

アルディーンの声に頷いた時だった。夜空に大きな花火が花開く。すぐにドォンという音が遅れて晴希の鼓膜を震わせた。

「わぁ……」

夜空へ噴出するかのように次々と花火が打ち上げられる。すぐに夜空一面が花火で覆いつくされた。

「父王も私たちのために、かなり奮発してくれたようだ。財務大臣が止めに入ったらしいぞ」

どこまで本当かわからないが、晴希はつい笑ってしまった。

「大臣が止めに入るって……どこまで本当の話なんだ、アルディーン。でも国王陛下には改めてお礼を言わないとな」

今夜は町中の人が、この花火を楽しみにしていると聞いている。晴希たちだけでなく、国民をも楽しませる国王の特別な計らいに、感謝してもしきれない。

僕は今日という日を絶対忘れない――。

仕掛け花火が、夜空に破裂したかのように、大きく花開いた。絶え間なく打ち上がる花火に晴希は魅入る。隣でアルディーンも空を見上げていた。

静かに二人で夜空を彩る花火に視線を向ける。言葉はなくとも、夜空を花火が覆う中、一瞬心が触れあったような不思議な感覚を抱いた。

このままずっと二人だけでいたいという欲求。そして一緒に生きていくという喜び。

たぶん二人とも同じことを感じ、また二人ともそれを口にすることなく、ただ黙って夜空を見上げていた。

ドォォォン……。

大輪の花火が夜空いっぱいに花開き、そして鮮やかに散っていく。

しばらくして、ようやくアルディーンが口を開いた。

「綺麗だな……」

その声に晴希も頷く。

「ああ、本当に綺麗だ」

そう口にした途端、アルディーン側にあった左の手を持ち上げられ、そっと指先にキスを落とされる。

「え……?」

アルディーンに視線を向けると、彼の真剣な瞳(ひとみ)とかち合う。晴希の背筋にぞくっとした

痺れが走った。

「綺麗なのは、晴希のことだ」

途端、カッと躰が熱くなり、アルディーンの顔から目が離せなくなる。彼の顔がどんどんと近づいてきたが、晴希はそっと目を閉じ、自然に彼との口づけを受け入れた。

そのまま一旦、アルディーンの唇が離れる。

「っ……」

名残惜しそうな声が晴希の唇から零れ落ちてしまった。すると今度は乱暴にキスをされた。

「んっ……」

鼻からくぐもった声が漏れる。だがアルディーンはその声に満足したようで、更にキスを深くした。

「晴希……我慢できない。今すぐお前を抱きたい」

「あ……っ……アル、ディーン……」

そんなことを言われたら困るはずなのに、心が騒ぐ。晴希も今すぐにでもアルディーンの熱を感じたいと思ってしまっていた。

どうしてこんな淫らなことを……。

そう自分を責めるのに、躰はアルディーンを欲して止まない。まるで何かの病気のようだ。

そう――、きっとこれが恋の病なのだ。

きゅっと目を瞑ると、アルディーンが吐息だけで笑った。

「そんな態度をとったら、いいように取るぞ？　いいのか？　本気で嫌なら抵抗しろ。さもないと私は自分の都合のいいように受け取るぞ」

その声に目を開ける。応えたら駄目だとわかっているのに、彼の誘いを断れない。断りたくない。

「……いいよ、受け取っても」

「っ……」

アルディーンが息を呑むのが伝わってくる。

「そんなことを言ったら、後悔するぞ」

「僕が後悔するようなことを、君がするとは思わない。だから――」

続きをして、と言う前に、彼がぐいっと晴希の腕を引っ張った。躰を預けるように彼の胸に倒れ込む。

「ここは狭い。下のキャビンへ行こう。お前をもっと広い場所で抱きたい」

そう言うや否や、軽々と抱き上げられる。

「アルディーン！」

「暴れるな、船から落ちるぞ」

船から落ちるという大義名分を手にし、晴希は遠慮がちにアルディーンにしがみついた。

元々アルディーンのことを友人として『好き』だったが、その『好き』がどんどん恋愛の意味を色濃くしていく。その一方で、アルディーンが本当は女性が好きで、その責任感と優しさで晴希と偽装結婚をしていることに、傷ついていく自分がいる。

心がばらばらになりそうだ。

なのに、アルディーンを好きでいることが止められなかった。

卑怯な自分は、その感情に蓋をして、できるだけアルディーンの熱を受け止めたいと訴える。それを撥ねのけることが、今はまだできなかった。彼を手放す勇気がない。

ずっと彼と一緒にいられるだろうか――？

この歪な関係がいつか破綻することが怖い。

晴希は改めてアルディーンの肩に回した手に力を込めた。

キャビンのメインサロンは広く、数人でちょっとしたパーティーができるくらいの大きさだった。白い革のソファと飴色に磨かれた大きなテーブルが中央に置かれ、とてもこれが船内だとは思えない。その広いサロンを通って、船首側の部屋に入ると、そこは寝室であった。

　キングサイズのベッドが一つだけ置かれており、その上にそっと下ろされる。

　きっちりとパーカーの前を閉じていた晴希と違って、アルディーンは前がはだけ、褐色の胸板が見えた。この胸に抱かれるのかと思うだけで、躰の芯がジンと疼く。

「力を抜いて、その身を私に任せろ。優しくする」

　掠れた声で囁かれ、心臓がきゅっと痛みを発した。胸が苦しい。焦がれて心臓が灼けてしまいそうだ。するとその胸の苦しさを察したかのように、アルディーンの手が晴希のパーカーのファスナーを下げ、その胸に手を置いた。

「凄いな、まるで早鐘のようだ」

　鼓動の速さを揶揄される。君に触られるだけでこうなるんだと言いたいが、好意を寄せていることを知られたら、彼が気にすると思い、言うのをやめた。

　自分の想いを知られて、彼の枷になりたくない。

　優しいアルディーンのことだ。晴希が好意を寄せていると知ったら、いつか本当に愛する女性と出会ったとしても、晴希のことを優先するかもしれない。

　そんな風にはなりたくなかった。このまま彼と共に生きていくとしても、彼の幸せに影を落とす存在になるつもりはない。

先日、アルディーンは他に妻を娶る気はないようなことを口にしたが、晴希に気を遣うことなく、愛する女性を第二夫人として迎えてほしいと思っている。

それを受け入れるだけの強さを晴希は得られるよう、これから先、アルディーンに悟られることなく努力するつもりだ。

「……晴希、何を考えている？」

目敏いアルディーンが晴希の様子に気付き、動きを止める。彼を欺くのはなかなか至難の業だ。

「……何も考えていない。考える余裕なんてないに決まっているだろ？」

苦し紛れにそう告げると、彼の双眸が細められる。

「他の人間のことを考えるなよ？　この果実を口に含むことができるのは、世界中で私だけなのだから」

果実と言って、晴希の胸の突起を舌で搦め取る。

「んっ……あ……」

いつからか乳首に触れられると、下肢から淫らな痺れが生まれるようになってしまった。アルディーンに何かを変えられてしまったようだ。

「もう腰が揺れている。私を求めてくれているのか？」

乳頭に彼の吐息が掛かったかと思うと、すぐにきつく吸われた。

「あっ……」

吸われるたびに、じわりと重い痺れが胸の先から生まれ、晴希の下半身を刺激する。

徐々に甘い欲望が頭を擡(もた)げてきた。

「こんなに綺麗で可愛(かわい)くて、穢(けが)れなどまったく感じさせない晴希が、肉欲にまみれ、男根をふるふると震わせているなんて……卑猥(ひわい)すぎるな。目の毒だ。私以外に見せたら、その相手は死刑だな」

「な……何を莫迦(ばか)な、ことを言って……」

「フッ……確かに莫迦なことだな。だが私にこんなことを言わせるのはお前だけだ」

アルディーンは満足げに笑みを浮かべると、長い舌でぺろりと晴希の乳首を舐(な)めた。そしてそのまま脇(わき)にそって下へと舌を伝わせ、晴希の臍(へそ)へと到達する。そこをぐりぐりと舌で愛撫(あいぶ)された。

「あっ……なんで……そんなとこっ……ばかり……あぁ……」

アルディーンは勃(た)ち上(あ)がっている晴希の男根をまるっきり無視し、関係ないところを触ってくる。だがそれが遠回しに快感を燻(くす)ぶらせ、晴希を追い詰める。

「や……そこじゃ……」

我慢できずに思わずねだってしまう。刹那(せつな)、アルディーンの頬(ほお)に笑みが刻まれた。

「どこだ？　どこを触って欲しいんだ？」

「え……」

晴希の顔がかぁっと熱くなる。とても自分からは言えなかった。

「ここか？」

耳に息を吹き込むように囁かれたかと思うと、耳の裏を舐められる。中途半端な愛撫に背筋がぞくぞくした。だが逆にこれだけでは足りないという焦燥感が募り、渇望する。

意地悪だ。本当はどこを触ってほしいのか、アルディーンにもわかっているはずなのに、そこには一切触れずに焦らしてくる。

「アルディーン……っ」

意地悪な男を下から睨み上げる。

「ハッ、そんな目で見られたら、滾る」

彼が男の色香に満ちた仕草で髪を掻き上げた。

「お前を焦らしてやろうと思ったが、私のほうがもちそうもない」

そう言いながら、指先で晴希の劣情の先端を軽く摘まんだ。やっと触れてほしいところに彼が触れた。

「あっ……」

短く嬌声が唇から零れ落ちる。アルディーンは双眸を細めると、晴希の下半身に指を絡ませ、ゆっくりと扱き出した。

「あっ……」

もどかしい愛撫に、晴希の腰がまた揺れ始める。アルディーンの唇も再び晴希の乳首に吸い付いた。

「あぁあっ……」

乳頭を歯で挟まれ、軽く引っ張られる。そしてまたすぐに舌で丹念にしゃぶられた。

「はぁうっ……」

次第にアルディーンに扱かれている晴希の欲望が濡れ始めたのか、淫らさを含んだ湿った音を出し始めた。

「だめ……そんなに激しく……擦らないで……出る……出るから……っ」

「駄目だ。そんなに簡単に達くんじゃない」

彼の吐息が唇に掛かるほど近くで囁かれる。いや、吐息だけじゃない。唇が動くたびに晴希の唇に触れるほどの間近だ。

「あっ……アルディーン……っ……」

彼の名前を呼べば、すぐに唇にキスが与えられた。『好き』と言う言葉が喉から出そうになったが、固い意志で呑み込む。

彼が触れた先から官能的な痺れが駆け上ってくるのがわかった。甘く深い底なし沼へと引きずり込まれそうで怖い。それでも彼と一緒なら怖くないと自分に言い聞かせた。

「かつてはお前を自由にしてやりたいと思っていた日もあったが、今は縛り付けて逃げられないようにしてやりたいという狂暴な気持ちのほうが増してしまったな……」

狂暴な気持ち？

「声を聞かせてくれ、晴希」

彼の顔を見上げると、情欲に濡れた瞳とぶつかる。刹那、全身に淫らな熱が滾るのを感じた。彼の指が再び晴希の屹立(きつりつ)を激しく擦り始めたのだ。

「はあっ……」

熱が一点へと集中する。渦巻くような快感が濁流となって晴希の理性に襲い掛かってきた。滾る熱を外へ放出しなければ、どうにかなりそうだった。だが、そんな晴希にはお構いなしに、彼の手の動きが益々(ますます)激しくなる。受け止めきれない喜悦に、晴希は腰を浮かせて逃げようと試みるが、すぐに押さえつけられ引き戻される。

「晴希、私から逃げるな」

「あぁ……んっ……えっ……」

いきなり下半身に感じたことのない感触が生まれた。

な、なに？

ねっとりとした生暖かい感触に、慌てて自分の下半身に目を遣(や)れば、アルディーンが晴希の男根をすっぽりと咥(くわ)えている姿が目に入った。我が目を疑う。

「なっ……アルディーン！　やめ……やめろよっ、離せっ……あぁぁっ……」

晴希の抗う声など一切無視された。アルディーンは晴希の劣情を口内の奥まで咥え込んだかと思うと、淫猥にしゃぶり始めた。その淫らな舌の動きに翻弄される。

「あっ……あぁ……ふっ……や、め……っ……」

自分の股間に頭を埋めるアルディーンを引き剝がそうとしても、快感で痺れる腕では十分に力を発揮できなかった。歯や舌で激しく責め立てられる。

「はぁ……っ……」

鼻から抜けるような甘い嬌声が零れてしまった。それにアルディーンが気を良くしたのか、鈴口に舌を差し込んで射精を促してきた。

「やぁぁ……」

一気に晴希を襲う愉悦の波が勢いを増す。アルディーンは容赦なく、晴希を快楽の沼へと沈めてくる。

「ふっ……」

纏う熱はうだり、晴希の視界も霞んだ。このずっしりと重みを増す熱を外へ出したい。

躰を動かすと、素肌にしっとりと濡れているベッドのシーツが当たる。彼の唾液なのか晴希の蜜液なのか判別できないが、足の付け根から臀部へと伝い流れ、卑猥な染みをシーツに作っているのは見なくても理解できた。

「もう……だめ……っ」

　絶対に彼の口の中で吐精することだけはしたくなかった。

「フッ、先端の孔がひくひくしているな。可愛い」

　やっと下半身からアルディーンの唇が外された。だが、すぐに臀部に違和感を覚える。指だ。アルディーンの指が晴希の中に入ってきたのだ。

「なっ……あぁ……抜いて……っ……」

「駄目だ。ここをよく解しておかないと、お前が傷つく」

「あ……そんな……んっ……」

　アルディーンの言うことも確かなので、羞恥に耐えるしかない。声を漏らさないようにと歯を食い縛るが、アルディーンはそれを許さなかった。

　彼が晴希の蕾に指を挿れたまま、再び下半身を咥えたのだ。

「あっ……」

　敏感な場所に彼の歯が当たるだけでも躰の芯が快感で震えるのに、アルディーンの指が晴希の中のコリコリとした場所を擦るたびに、耐えがたいほどの凄絶な喜悦が腹の奥から吹き出した。意識が一瞬遠くへと飛ばされる。理性が愉悦に凌駕され、快楽を忠実に貪る。

「あ……あぁぁぁぁ……」

とうとう晴希はアルディーンの口腔へと己の精液を吐き出してしまった。

「あ……いや……離して、くれ……くっ……きつく吸うなっ……あぁぁ……」

アルディーンに残滓まで貪欲に求められ、ちゅうっと音が出るほどきつく吸い付かれた。

「ふっ……ふっぁぁあぁぁぁ……」

奥にまだ溜まっていた白濁した熱を彼の口の中に吐き出してしまう。残滓まで吸い上げられたようだ。

「昨夜から今朝に掛けて散々出し尽くしたと思っていたが、まだまだ搾り取れるな」

アルディーンが自分の唇についた淫らな汁を指で拭いながら話し掛けてくるが、晴希は一気に重力が躰にまとわりついたかのように、四肢に重みが増し、答える余裕もなかった。そのままシーツに沈み、指一本動かせないほど力尽きる。だがそんな晴希に対してアルディーンは意気揚々として挑んできた。

「今宵は催淫剤を使わずに睦み合おう。催淫剤に溺れることなく、お前が本心から私を請う姿を見させてくれ」

「なっ……」

「後ろのほうからが楽だと聞いている。後ろからするとしよう」

優しい声で耳元に囁かれた途端、くるりとうつ伏せにされる。

「アルっ……」

「挿れるぞ、晴希」

あくまでも晴希の快感を優先しようとしてくれるアルディーンが、背後から強く抱き締めてきた。刹那、灼熱の楔が晴希の躰を貫く。

「あぁぁあっ……」

アルディーンによって解された晴希の蕾が、彼を咥えて大きく花開いた。彼の楔が奥へと進むたびに、甘く淫らな熱が躰に籠もる。絶え間なく与えられる灼熱の欠片に晴希の肌がざわめいた。

痛みなどなかった。あるのは快楽と喜悦。そして純粋に彼を思う愛情だった。苦しかった胸がふわりと軽くなる。そしてまるで小鳥が羽ばたくような小さなさざめきを感じた。

「上手だ、晴希」

「あっ……」

蕩けそうな甘い囁きに、眩暈のような錯覚に襲われる。沸き起こる快感に耐え切れず、躰から何かが溢れそうだ。ずるずると肉襞を擦られるような感覚と共に、彼が晴希の中で更に嵩を増すのを感じ、情欲を煽られる。

もう限界だった。何もかも手放して、彼だけを感じたい。

「あぁぁぁあぁ……」

二度目の吐精をしながら、晴希は意識がなくなっていくのを感じる。寝室の壁の丸窓から、未だ花火が煌々と夜空を彩っているのが見えたのを最後に、視界もあやふやになる。

「愛している、晴希――」

とても大切なことを耳にしたような気がしたが、意味をしっかりと摑むことができず、そのまま晴希の意識は闇へと沈んでいった。

◆

Ⅵ

◆

国王主催の花火大会の翌日、晴希（はるき）はアルディーンと一緒に、プライベート・ジェット機で一時間半程のオルジェ王国へと里帰りを果たした。

今も、父であるオルジェ国王に里帰りの挨拶（あいさつ）をし、母が住む離宮へ向かう車の中で、隣に座るアルディーンと指先を搦（から）めて座っている。

ちらりと彼に視線を遣（や）るが、彼はまったく問題ないようで、片手で器用にタブレットを操り、ニュースを読んでいた。晴希もまたおかしいと思いながらも振り払えずにいる。

これでは本当に仲睦（なかむつ）まじい新婚夫婦である。

「そろそろ到着だな」

いきなりアルディーンがタブレットから目を外し、こちらを振り向いた。

「ああ、そうだな」

返事をしたものの、動揺して思わず指を搦める手に視線を落としてしまった。すると彼の視線も手元に落ちる。途端、晴希の胸いっぱいに気まずさが広がる。この手について何も言わずにいるのも不自然な気がして、さりげなさを装って口にした。

「あ、あのさ……ゆ、指……」

「ん？　なんだ？」

アルディーンがそれまで搦めていただけの指をぎゅっと摑（つか）み、恋人繋（つな）ぎにしてきた。

うわ……。

晴希の顔に熱が集まる。

「ちょっと恥ずかしいというか……」

「恥ずかしい？　ああ、普段からこうやって親密にしておかないと、いざという時に対処できないだろう？　晴希、慣れてくれ」

「……そうか」

そう、なのか――!?

口では承諾してしまったが、晴希の脳内は疑問符で覆いつくされる。箱入り息子として育てられた自覚はあるので、アルディーンの深い考えに気付けないだけかもしれないが、それにしても羞恥（しゅうち）が勝る行為だ。

晴希が視線を下に向けたままでいると、彼が言葉を続けた。

「お前の母上にも私たちが上手（うま）く結婚生活を満喫していると報告せねばな」

「え……」

顔を上げると、アルディーンが嬉しそうに笑っている顔が目に入る。心臓が大きくドキンと鳴った。同時に先ほどと違い、胸がほっこりとしてきた。恥ずかしくても、彼が喜んでいることが晴希にとって幸せに感じたからだ。

参ったな……。本当に僕、アルディーンのことが好きなんだ……。

そう思うと、アルディーンのことが一層愛おしくなり、恋人繋ぎをしている手に、晴希のほうから力を込めた。すると彼も呼応して更にきゅっと手を握ってきた。お互いに何度か、きゅっきゅっと握り合い、最後にはプッと噴き出してしまった。

何をやっているんだろう、僕たちは……。

そう思ったら笑えてしまったのだ。彼もまた穏やかな笑みを浮かべている。

アルディーンの優しさが指先を通して流れてくるような気がした。晴希はその指先のぬくもりを感じながら、そっと目を閉じた。

「母上、ご無沙汰しております」

晴希は離宮に着くと、アルディーンと一緒にすぐに母である第三王妃の部屋へと赴いた。

「真紀子妃殿下、先日は我が国までお越しくださり、ありがとうございました」

母は滅多に国外には出ないのだが、晴希の結婚式にはオルジェの国王と二人で列席してくれた。

「ようこそお越しくださいました。カフィール殿下。晴希も長旅ご苦労様です。あまりの早い里帰りに何かあったのかと思いましたが、お二方ともお元気そうで安心しました」

「母上もお元気そうで何よりです」

嫌がらせを受けていると報告を得ていたが、思ったより元気そうで、晴希こそ安堵した。すると隣にいたアルディーンが、晴希に話し掛けてきた。

「晴希、母上と積もる話もあるだろうから、私はここで失礼するよ」

「アルディーン？　どこへ……」

「先ほどオルジェ国王からランチの誘いを受けたんだ。後でまた迎えに来るから、母子水入らずでゆっくりするがいい」

どうやらアルディーンは気を遣ってくれたようだ。

「ありがとう、アルディーン」

礼を言うとアルディーンが双眸を細め晴希を見つめてきた。そんな目で見ないでほしい。心臓がおかしくなる。

晴希がどぎまぎしていると、アルディーンはその視線を母に向けた。

「では、慌ただしくて申し訳ありませんが、私は一旦これで失礼致します」

「晴希をわざわざここまで送ってくださったのね。ありがとうございます、殿下」

母の声にアルディーンは頭を下げると、そのまま部屋から出ていった。部屋に残ったのは母と晴希、そして古くから母に仕える侍女長のみだ。

母がそれまでの社交的な笑みから、途端に眉根を顰め、不安げな表情に変わる。

「晴希、無理をしているのではない？」

「無理はしていませんよ。寧ろアルディーンが色々と便宜を図ってくれるので、スムーズに結婚生活を送っています」

母を心配させないように、極力穏やかな声で答えた。だが母は表情を曇らせたままだ。

「晴希、もし辛いことがあれば、戻っていらっしゃい」

「え？」

「もしあなたが辛いと言えば、きっとカフィール殿下が何か理由をつけてあなたをこの国に戻してくださるわ。とてもあなたを大切にしているのがわかるもの。だから辛かったら戻っていらっしゃい。あなたに無理をさせたくないの」

「母上……」

母上の言葉も尤もだ。晴希が頼めばアルディーンも考えてくれるかもしれない。だが今は彼の許から離れたくなかった。少しでも彼の傍にいたい。

晴希は心配する母の顔を見つめた。

「大丈夫ですよ。アルディーンとは親友同士で、元々気も合いますし、毎日を楽しく過ごしておりますよ。それに、本当にこちらにいた時よりも、あちらにいるほうが自由に行動できるんです。すべてはアルディーンのお陰です。だから母上、心配しないでください。僕は元気ですよ」

「あなたがカフィール殿下と結婚すると言ってきた時、どうなることかと思っていたけど、本当にあなたが幸せならそれでいいの。ただ少し心配なだけで……」

「僕は幸せですよ、母上。こうやって身軽に里帰りもさせてもらえますし」

床に跪いて、椅子に座る母の手を取る。母の手は細くしなやかだった。

「本当は里帰りにしては早い時期だから、何かあったのかと、心配していたのですよ」

少し責めた口調で言ってくる母に、晴希は笑顔で謝った。

「それは申し訳ありません」

「いいえ、元気そうなあなたの顔を見て、わたくしも元気になったわ」

元気になったと言いながら、母の表情がまた僅かに曇る。晴希はそれを見逃さなかった。

「母上……」

「あなたに本当に申し訳ない人生を歩ませてしまっているわね……」

「それは前から言っていますが、母上のお陰で僕はこうやって無事に生きているのです。

男として生きていたら、もうこの世にはいなかったかもしれません。だから申し訳ないなんて母上が思う必要はありません。そうやってご自分を責めないでください」

　母の目に涙が溜まるのが見て取れたが、わざと気づかない振りをして、母の手をもう一度握った。すると母が息を整え、口を開く。

「晴希、あなたも色々苦労もあると思うけど、何かあったら必ず連絡をするんですよ。わたくしのできることなら、何だって力になるわ」

「ありがとうございます、母上。アルディーンも僕の味方になってくれているので、母上が思っているより、僕は幸せですよ。だから心配しないで」

「晴希……」

　母の目から涙が零れ落ちた時だった。部屋の外が騒がしくなる。

「只今、妃殿下に確認して参ります！　しばしお待ちくださいませ！」

　使用人の切羽詰まった声が聞こえた。何事かと思い、扉のほうへ目を遣るとノックの音が響いた。返事をするや否や、すぐに使用人が部屋へと入ってきた。

「第一王妃、サトゥーラ妃殿下が、ご挨拶をと、いらっしゃっておりますが……」

「サトゥーラ様が？」

　突然の来訪に晴希は母と顔を見合わせる。だが母の返事を待たずして、扉の向こう側からサトゥーラが現れた。

「よろしいかしら？」

オルジェ王国の第一王妃だ。オルジェ王国の大財閥の娘のため、出自はこの上なく良い。そのため異国の女性である晴希の母を毛嫌いしていた。

母が国王に呼ばれて王宮へ出掛けても、第一王妃の使用人から間違った部屋を教えられたりなど、小さな嫌がらせを受けることが多々あったようだ。だが母は相手にせずに、彼女を無視し続けているらしい。

黒い艶やかな髪に、実際の年齢よりもはるかに若く見える容貌で、綺麗に化粧が施されている。意志の強そうな瞳にきりりとした眉は、彼女の気性の激しさを窺わせる代物だった。

「ごきげんよう。真紀子様。あなたの一人娘が里帰りされたとお聞きし、わたくしも久々に顔を見にお伺いしましたのよ」

「これはサトゥーラ様、遠い所をご足労お掛け致します」

母はにっこりと笑い椅子から立ち上がった。アポイントなしでいきなりやってくるのは、晴希の母を下に見ている証拠だ。

晴希がサトゥーラをじっと見つめていると、彼女と目が合う。慌てて頭を下げた。

「ご無沙汰しております。サトゥーラ様」

「あなたが立っているところを初めて見たわ。いつも寝所で横たわっていたものね。それにしてもあなた、女性のわりに意外と背が高いのね。いつ死んでもおかしくないほどの病弱だと聞いていたわりには元気そうだし」

「デルアン王国で、良い医者を探していただいて……」

「あら、そうなの？　じゃあ、元々は健康だったのかしらね」

含みのある言い方だ。

「そうかもしれません。色々と心労がありましたから」

こちらも少し嫌みを入れて返す。するとサトゥーラのアイライナーをきつく入れた瞳が大袈裟に見開いた。

「心労？　ああ、密通がばれないかどうかということかしら？」

何とも不穏な言葉を口にされる。

「密通？　何のことですか？」

「この離宮に晴希王女と同じくらいの歳の青年が出入りしているという目撃情報があるんだけど……」

どきりとする。それは明らかに晴希のことだろう。だが顔色を変えずにサトゥーラを見つめていると、彼女の真っ赤な口紅を塗った唇が勝ち誇ったような笑みを湛えた。

「あなた、結婚前にどなたかとお付き合いでもされていたのかしら？」

「とんでもございません」

まったくの濡れ衣だ。だが同時に、やはり人を使って晴希や母の動きを見張らせていたことを知る。

「フフ……そうね。もしあなたが誰かの手垢のついた姫だと知ったら、デルアン王国のほうからクレームが来ても不思議じゃないですものね。一応処女だったということかしら」

「失礼です。わたくしはそういったスキャンダルとは無縁です。サトゥーラ様」

「じゃあ、まさかと思うけど、第三王妃、あなたの若いつばめかしら」

矛先が母へと移る。だが母は慣れているようで、小さく笑って何でもないように答えた。

「第一王妃、悪いご冗談はおやめくださいませ」

「そうね。あなたが陛下を裏切って密通していたなんて、本当に悪い冗談ですものね」

「ええ、そうですね。冗談なら、ここだけの話で済ませられますからね。冗談なのに、陛下にサトゥーラ様に言われたことをわざわざお伝えしたりはしませんもの」

サトゥーラの片眉がぴくりと動く。晴希も母の反撃にしばし驚いた。今まではサトゥーラに何か言われても、聞き流し、相手にせずにやり過ごしていた母が言い返したのだ。

母上も変わったんだ……。

きっと母にも心境の変化があったに違いない。たぶん晴希が嫁いだことが大きく影響しているのだろう。

晴希の視線に気が付いた母が、サトゥーラに聞こえないくらいの小さな声で呟いた。

「いつまでもあなたに心配を掛けさせてはいけないから……」

「母上……」

晴希の声にそっと笑うと、またサトゥーラに視線を戻した。

「後宮のことを告げ口して、陛下を煩わせることはしないのが、わたくしのプライド。ですが、あまり冗談が過ぎますと、わたくしも東の卑しい国の出ですから、プライドも関係なく陛下にサトゥーラ様が口にする冗談を告げてしまうかもしれませんわ。この部屋でなされる会話は万が一のため録音されていますから、そのまま陛下にお聞きしていただくことができますの」

「録音……」

サッとサトゥーラの顔から色がなくなる。母をちくちくと苛めていることが国王に知られるとまずいのだろう。さすが母と言うべきか、対等にやり合えるようで晴希を安心させる。

「もういいわ。興が削がれたわ。今日は晴希王女が里帰りをされると耳にしたので、久々にお伺いしたまで。これで失礼致しますわ」

サトゥーラは今来たばかりだというのに、早々と踵を返し、部屋から出て行ってしまった。

たぶん晴希が本当は男であることを、自分の目で確かめ、証拠を摑みたかったのかもしれない。晴希が男であることがわかれば、それを糾弾し、あわよくば母を投獄するかまたは国外追放にしようと狙っているのだ。

「母上、お気をつけください。サトゥーラも母上の失脚を狙っているのですから」

「でも、意外とあの人、根っからの悪ではないのよ」

「母上」

母のどこか呑気というか器が大きいというか、そんなところに呆れてしまう。

「わかっています。油断はしないでおくわ。心配してくれてありがとう、晴希」

日本からアラブの一国に嫁いだだけはあって本来は度胸のある母だったのだろう。躰が弱く、また晴希のことがあった故に今までは静かに暮らしていたに違いない。だがこれからは違うようだ。母もまた変わろうとしているのが見て取れた。

「さあ、晴希、辛気臭い顔はやめて。あなたの好きなものをたくさん用意したのよ。一緒にお昼を食べましょう」

母が手を差し伸べてくる。晴希は苦笑しながらも、その母の手を取ったのだった。

久々に母や古くからの使用人たちと一緒に過ごし、晴希は夕方にはデルアン王国へ戻るため、アルディーンと一緒にプライベート・ジェット機へと乗った。

一泊したかったのだが、何故かアルディーンが帰りたがったのだ。

手紙を読んで母の様子が心配であったが、一目見ることもできたので、晴希はアルディーンの望むまま帰国することにした。

「今回は、こんなに早く母に会えるように手配してくれて、ありがとう、アルディーン」

晴希の声にタブレットでニュースを読んでいたアルディーンが顔を上げる。

「急な結婚式で、慌ただしく、心配事を片付ける時間もなかったからな。近いのだから会いたい時はまた会いに行けばいい」

「ありがとう。母にも何かあったらすぐ連絡を寄越すように言っておいたけど、少し心配かな。母は僕に心配掛けないようにと、何も言わないかもしれないから……」

飛行機から遠ざかる故郷の景色を見ながら呟くと、隣に座っていたアルディーンがさも当たり前のようにフォローしてくれた。

「人を手配しておこう。お前の母に何かある前に私のところにある程度情報が入れば、未然に防げることもあるだろう」

その言葉に驚く。どこまでも親切な男だろうと感嘆するしかない。

「僕だけでなく、母のことまで……君には迷惑を掛けてばかりだな」

「お前の母は私の母でもある。迷惑じゃないさ」

『私の母』という言葉を聞いて、晴希の心がちくりと痛みを発した。自分のような『男の嫁』の母親をアルディーンに母と呼ばせてしまったことに、どうしようもない罪悪感がまた生まれる。

「本当はあの夜――」

「あの夜?」

アルディーンが怪訝そうな顔をして晴希に視線を合わせてきた。

「僕と君との結婚話が出た夜。僕が逃げようとしたところを、君は捜しに来てくれた」

「ああ、そうだったな」

あの夜、アルディーンがカフィール殿下だと知った時の驚きは今も忘れない。そしてすべてを知っていたアルディーンは、晴希が彼を騙し続けていたことも知っていた。

晴希がずっと裏切り続けていたのにもかかわらず、彼は晴希に手を差し伸べてくれた。

『晴希王女を消して、お前が一時的であれ、身を隠すことなどするな』

そう言ってくれたアルディーンに、あの時はどこか救われたような気持ちがした。自分はこのままでいても大丈夫なんだという免罪符をもらったような気がしたのかもしれない。

あの時は自分自身でもぎりぎりで、アルディーンから差し出された手を取ってしまったが、アルディーンのことが大切ならば、取ってはいけない手だったのだ。

「あの夜……、僕が逃げてしまったほうが、本当はよかったんじゃないか？　君も男となんて結婚しなくて済んだろうし。あの夜、僕を見つけてしまったから、君は……っ……」

胸がじんとした。アルディーンのことを大切に思うから口にした言葉なのに、その言葉は晴希自身の胸に突き刺さり、容赦なく傷つけてくる。

自覚している以上に、アルディーンのことが好きな自分に嫌気がさした。こんな状態では、彼に迷惑を掛けてしまう。笑顔で新しい妃を斡旋するくらいの器量が必要だというのに、独占したいという思いが募るばかりだ。

「……君は僕と結婚しなければならなくなったんじゃ……」

やっとの思いで言うと、アルディーンが少し困った顔をして小さく笑った。

「どうだろうな。私が最初から仕組んでいたとは思わないのか？」

「仕組む？」

「ああ、お前が男であると知りながら、結婚話を持ち掛け、逃げられないようにあらかじめ準備していたとか……な」

刹那、晴希の心が浮き立つ。そんな訳はないのに、だ。晴希は一瞬でも浮かれた自分を律し、正常な判断で言葉を口にした。

「男の僕と結婚して、君に何か利益があるとは思えないから、そうは思えないな」

だがアルディーンはその答えに大きく溜息を吐く。

「はぁ……お前は頭がいいようで、そうじゃないところがあるな」

「ちょっと失礼じゃないか？　真剣に話をしているのに、そん……」

言葉が終わらないうちに、アルディーンが再び口を開いた。

「私に何か利益があるかって？　恋に損得が存在するのか？」

「恋？　どうして恋の話になるんだ？　え？　ええ？　あ、いや……そんなはずはないよな。え？　あ……」

なんだかとても都合よく聞こえてしまう。そんなはずはないのに、まさかアルディーンが――。

驚いて晴希はアルディーンの顔を見上げた。まさかそんなはずがないと、頭の中で何度も否定する。だからこそ、敢えて口にして彼自身に否定してもらおうと思った。

「そんな言い方をしたら、君がまるで僕に恋をしているように聞こえるぞ。僕じゃなかったら勘違いするところだ。他の人にそんな言い方するなよ？」

「お前に恋をしているのだからそれでいい」

「え……」

思ってもいない、いや、もしかしてと思っていたが、それが現実になるとは思ってもいなかった。あまりにも突然すぎて、何もかもついていけない。

晴希がアルディーンの言葉に固まっていると、彼が何かを勘違いして自嘲した。

「いい、お前に同じ気持ちを無理に求めようとは思っていない。わかっている。お前は別に私を愛していないだろう？　自分の秘密を守るためと国交にひびが入らないように仕方なくいるだけで、私を愛しているわけではないのだろう？」

「っ……」

言葉に詰まる。

愛していると彼に伝えてもいいのだろうか。否、駄目に決まっている。今さっき、自分でも思ったところではなかったのか。アルディーンのことが大切ならば、取ってはいけない手だと――。

「そんなこと……突然言われても……」

そう口にするのが精いっぱいだ。それ以上のことは言えない。言ってしまったら、きっとボロが出て、彼を愛しているとばれてしまう。

どう答えていいのか、自分の中で決めかねた。アルディーンの幸せを一番に願っているだけなのに、シンプルに答えが出てこない。

晴希が口を閉ざすと、彼が静かに笑った。

「別にいい。私がそろそろ耐えられなくなっただけだ。もしかしたら、お前に愛されているかもしれないと夢を見た。莫迦な男だと笑ってくれればいい」

「笑うなんて！　君を笑うなんて、そんなことあり得ない」

思わず大きな声を出して否定すると、彼が少しだけ驚いたような顔をし、そして困惑の表情を見せた。

「優しいな、晴希は。だが、それが私に付け込まれる理由でもあるんだ。気をつけろ」

「アルディーン……」

彼がそっと微笑(ほほえ)んで、そして視線をタブレットに戻す。

僕は何かを間違えてしまったんだろうか……。

晴希は胸のどこかに、ぽっかりと穴が開いてしまったような気がした。

◆　Ⅶ　◆

晴希(はるき)はパティオの片隅に置かれたベンチで読書をしていた。ハレムの中には事情を知る使用人しかいないので、晴希の服装は自由でよく、ほとんど男の恰好(かっこう)でいられる。これもアルディーンの計らいの一つだった。

晴希はアルディーンのお陰で快適に過ごせていることに感謝せずにはいられない。どれもこれもアルディーンが一つ一つ晴希のことを考えてしてくれたのだ。今思えば、細やかな配慮には彼の愛情が溢(あふ)れていた。

アルディーン……。

飛行機での一件から、アルディーンと少しだけよそよそしくなってしまった。

結局あの時、晴希はきちんと答えることができず、アルディーンはアルディーンで自分の中で勝手に晴希の答えを用意していたようで、それ以上、何も言わなくなってしまった。

喧嘩(けんか)ではないので、仲直りのしようもなく、なんとなく気まずい空気の中、二人で過ごしている。

アルディーンもアルディーンだ。もっと強く押してくれれば、晴希だって流されたかもしれないのに、肝心なところで押しが弱い。いや、違う。アルディーンは悪くない。自分が悪いのだ。

「はぁ……」

「大きな溜息ですね。晴希様」

「サーシャ……」

本から顔を上げると、建物の隅から乳姉弟のサーシャが顔を覗かせているのが見えた。

「おひとりですか？」

「ああ、アルディーンはさっき急用があると言って、国王陛下に会いに出掛けたよ」

何となくまた溜息が出る。

「晴希様、お躰の調子でも悪いのですか？　どこか浮かない顔をされていますが……」

心配そうに覗き込んでくるサーシャの顔をじっと見つめた。

もうすべてを秘密にしているのも限界かもしれない。この先、ここで暮らしていくのなら、サーシャにある程度のことは告げておかなくてはならない気がした。

「実は相談があるんだが、サーシャ、少し驚くかもしれないけど……あ……アルディーンが……その……僕のことを好きらしいんだ。全然そんなこと気付かなくて……」

決死の告白である。サーシャが驚いて何か言ってもすべて受け止めるつもりだ。だが、目の前のサーシャは一旦『はぁ？』みたいな顔をしたかと思うと、次第に晴希を哀れむような何ともいえない表情をした。何だか訳のわからない不安が込み上げてくる。

「サ、サーシャ？」

「……晴希様、まさか気付いていなかったとか、仰るんじゃないでしょうね」

「え？」

「誰がどう見ても、カフィール殿下は晴希様のことが、大好きでしょう！」

「えええっ⁉」

青天の霹靂だ。サーシャにはアルディーンの感情がわかっていたらしい。

「私のほうが『えええっ⁉』ですよ。どうして気付かないんですか！　あんなにあからさまに晴希様への独占欲を見せつけて、皆を牽制している狭量な……いえ、愛情深い？　殿下の気持ちに気付かないなんて……いくらなんでも晴希様、それはないでしょう」

「皆、気付いているってこと？　でもあれは演技で……」

「演技でセックスもするん……」

「わぁぁぁぁあああっ！」

晴希は慌てて、目の前のサーシャの口許を両手で覆った。女性にそんな言葉を言わせてはいけない。

口を塞がれたサーシャは目だけで訴えてきた。恐る恐る手を離す。

「そ、その……知っていたのか？　僕たちのこと……」

「隠されているおつもりでしたか？　そんなの様子を見ていれば大体わかります。私は身の回りの世話をしているんですよ？　晴希様、どこの深窓の姫君ですか、あなたは……。はぁ……そうでしたね。晴希様は正真正銘、深窓の姫君でした」

「う……」

返す言葉もない。

「演技って言われましたけど、私が想像するに、晴希様があまりにも鈍いので……」

「『鈍い』って……酷いな、サーシャ」

「話を聞いてください。晴希様があまりに鈍いので、カフィール殿下が理由をつけて前へ進まれたのだと思います。そんなの殿下の作戦の一つですよ」

信頼のおける姉的な立場のサーシャから『鈍い』と二回も言われて、精神的ダメージを受ける。

「それにしてもあんなに大切にされて、愛されていることに気付いていなかったなんて、執念深い……いえ、愛に溢れる？　カフィール殿下でも、さすがに可哀想に思えます」

なんとなくさっきからサーシャのアルディーンに対する評価があまりよくない気がするが、そこは突っ込まないでおく。それよりも至急確認したいことがあったからだ。

「あの、サーシャ、この話は母上には伝えているとか……」

まずは第一の懸念、アルディーンと躰の関係があることを母に知られているかどうかを確認するのが先決だった。いつかは知られるかもしれないが、今はまだ覚悟ができていない。

「真紀子王妃には伝えていません。そんな床事情を王妃様に伝えるほど、私も無粋ではないですよ」

「よかった……」

取り敢えず一安心だ。だが次にサーシャから容赦のない言葉が続いた。

「それにしても晴希様、今の話を聞くからにして、愛がないのに、躰の関係は持っていう不潔な付き合いを続けられていたんですか？」

「サーシャ、言い方、言い方」

次第に興奮していくサーシャを落ち着かせようとするが、彼女は彼女で今まで聞くに聞けなかったことを、今が聞けるチャンスだとばかりに、ぐいぐいと押してくる。

「それで、一番大切なことですけど、晴希様は一体、カフィール殿下のことをどう思われているのですか？」

「どう思われているって……」

言葉に詰まる。

「まさかセックスフレンドとか仰るんじゃないでしょうね」

はうっ！

「お願いだ、サーシャ。それ以上過激な言葉を君の口から聞かせないでくれ」

「では、はっきり教えてください。そうでないと、このサーシャ、アドバイスも何もできませんよ。晴希様、カフィール殿下のことをどう思われているのですか？」

どう思っているか――――。

アルディーン相手には言えなかった自分の想い。サーシャになら聞いてもらいたい。

「――――好きだよ。恋愛という意味で好きだと気づいたのは最近だけど、たぶん普通に親友だった頃から好きだった」

言った傍から胸が切なさに締め付けられる。こんな想いを抱いてしまうのは、アルディーンだけだ。アルディーンしかいない。

「じゃあ、両想いじゃないですか？　何を悩まれているんです？」

「……僕にはアルディーンに与えられるものがあまりにも少ない」

「少ない……とは？」

サーシャの表情が僅かに歪むのを見ながら、晴希は言葉を続けた。

「本当はアルディーンが女性と結婚すれば得られるものを、僕は与えられないし、それに代わるようなものを渡すこともできない。彼の幸せを考えれば、このまま親友として偽装結婚を続けたほうがいいんだって自分に言い聞かせている。だが、やっぱりアルディーンのことが諦められなくて――、彼が他の誰かと幸せになるのを見るのが辛くて――、彼を拒んで、どこか遠いところへ逃げたいという思いもある」

傍にいたいのに、どこか遠くへ逃げたい。

相反する思いが晴希の中にあって、混乱する。この想いをサーシャなら理解してくれるだろうと思い、素直にありのまま告げた。だが、

「晴希様、はっきり言って、仰っていることがよくわからないのですが」

「え？」

サーシャの思わぬ返答に、晴希は顔を上げた。

「晴希様、女性と結婚すれば得られるものって何でしょうか？　子供ですか？　でも子供のいない夫婦もいらっしゃいますよね？　そうしたら他に得られるものって？　何が得られるかなんて人それぞれで、そんな未来、誰にもわかりません。それは晴希様の未来に対しても同じです。晴希様が将来、何を得て、それをカフィール殿下とどう分かち合っていくかなんて、未来にならないとわかりません。そんなわからない未来に対して悩んでカフィール殿下を諦めると？　申し訳ございませんが、まったく賛同できません」

「サーシャ……」

「それにカフィール殿下の幸せについても、晴希様がお決めになることではないと思いま

すよ。その人の幸せはその人のものです。他人が決めたり、判断したりするものではございません。そうではありませんか?」

「あ……」

その通りなのかもしれない。いつの間にかアルディーンの幸せを思うあまり、自分がどうにかすれば、すべて丸く収まると考えていた。彼の幸せが、自分のどうこうで決まると思っていたと言っても過言ではないかもしれない。そんなことを考えること自体、傲慢としか言い様がないのに――。

まずは自分の気持ちを隠すのではなく、素直に伝えよう。そうでなければフェアじゃない。そしてこれからのことを、自分ひとりで考えるのではなく、アルディーンと一緒に答えを出すことが大切なのだ。

もしこの先、不安に陥ることがあっても、アルディーンへの愛が、一番大切であることを忘れなければ、どんな困難でも乗り越えていける気がした。

「ありがとう、サーシャ。本当に君の言う通りだ」

サーシャに話すことで、自分の気持ちと向き合うことができ、気持ちの整理ができる。

「自分の想いを正直に告げるよ。告げずに逃げることばかり考えていた僕は、またアルディーンを裏切るところだった」

「晴希様は今まで我慢することが多かったのですから、たまにはぶつかってみたほうがいいと思いますよ」

「ありがとう……」

晴希は本当の姉のように思っているサーシャに、改めて感謝を口にした。

＊＊＊

デルアン王国は近隣諸国の中でも豊かな国である。脱石油を掲げ、空港や港、道路などのインフラを整備し、近代化をいち早く成功させた国でもあった。

外資誘致の一環で経済特区を設けているので、世界中から企業がこの国に進出し、ビジネスを持ち込んでくる。今や、多種多様な経済部門がこの国を支えており、欧米諸国と変わらぬ様相を見せていた。

そのため首都デュアンに入ると、砂漠の一角の国とは思えぬほど、綺麗に舗装された道路が、超高層ビルの合間を縦横無尽に走っている。ただ欧米諸国と違うのは、砂嵐のせいで視界を遮るほどの砂が都市を襲うことだろうか。

だがそれ以外は世界各国の主要都市と変わらず、メイン通りには多くの老舗ブランドが出店していた。

晴希はその一つ、スイスに本社を置く高級腕時計の老舗ブランドの店の前で足を止めていた。

サーシャに相談した後、晴希は自分の気持ちをアルディーンに素直に言うついでに、何か彼に似合うものをプレゼントしようと思い、そのまま宮殿を抜け出し、老舗ブランドが並ぶメイン通りに探しに来ていた。

男の姿で使用人に紛れて出掛けてきたので、たぶん誰も気付いていないだろう。アルディーンは王宮へ行ったままだったので、彼が戻るまでに帰れば問題ないはずだ。

そして今、店のウィンドウに飾られている腕時計に、晴希は一目惚れをしていた。

これならアルディーンがつけても見劣りしないかな……。

かなり高価なものだが、結婚前に投資で儲けたそこそこの金額が銀行にストックしてある。何かあった時に使おうと思っていたが、彼にこの時計をプレゼントするためになら、そのお金を使う時だと思った。

晴希は小さく頷き、そのまま店の中へと入った。

一時間程で晴希は店から出た。特注でメッセージを刻んでもらったこともあり、思っていたより時間が掛かってしまった。それでも素晴らしい時計を手に入れたことに満足する。アルディーンの好みはこの七年でそれなりにわかっている。文字盤全面にダイヤモンドが埋め込まれているのにもかかわらず、シンプルでスタイリッシュなこのデザインは、彼が気に入ってくれるに違いなかった。

「さあ、急がないと……」

既に陽が暮れるまで間もない時間帯を迎えていた。アルディーンも夕食には帰ってくるはずなので、それまでに帰らないとならない。

晴希が手を上げてタクシーを捕まえようとした時だった。後ろから肩を叩かれる。振り返るとそこには壮年の男性が立っていた。

「晴希妃殿下、こんなところでお会いできるとは誠に奇遇ですな。先日結婚式の折、挨拶致しました、サダフィです。覚えていらっしゃいますかな？」

サダフィ――――。

『サダフィ大臣には気をつけろよ』

新婚初夜が明けてすぐにシャディールがやってきて、注意しろと言っていた名前だと思い出す。

「失礼ですが、人違いでは？」

「人違いであるものですか。晴希妃殿下ほどの美しい御仁はなかなかおりませんからな」

「妃殿下？　僕は男ですよ」

「そうですな、男ですな」

サダフィが急に晴希の手首を握った。

「何をするんですか？　人を呼びますよ」

「呼べるものでしたらな」

サダフィの意味ありげな言葉を聞くと同時に、ふと背後に人の気配を感じ、晴希は思い切り回し蹴りをした。見事に後ろから襲おうとしていた怪しい男の首にヒットする。

「ぐわっ……」

男はそのままコンクリートの歩道に倒れて気を失った。

「申し訳ないけど、僕、意外と強いんですが、それでもやるつもりですか？」

晴希はオルジェ王国で女性として生きていた時も、鍛錬には手を抜かなかった。離宮に閉じ籠もっていると世間に思わせていたので、公務に出ることもなく時間は幾らでもあり、武術全般はまず習得していた。中には師範の免許を持っているものもある。

アルディーンと手合わせしたことはないが、幾つかの種目なら勝てる自信もあった。

だが大臣はそんな晴希の言葉をまったく信じる様子もなかった。

「お強いとな？　そんな細腕でお強いはずがないでしょう。今、男を蹴ったのも偶然当たっただけですよ、妃殿下。ご自分の非力さをもう少し理解されたほうがいい。おい、妃殿下を丁重にお連れしろ」

その声に突然道路に停まっていた黒いバンから数人の男が飛び出してきて晴希を囲む。

何も武器の用意をしていないところから、余程晴希に対して油断しているのだろう。確かに病弱という設定で嫁いできた姫だ。簡単に捕まえられるとでも思っているに違いない。

あるいは、王族に対して銃などを向けたら反逆罪で極刑を免れないので、これが精いっぱいなのかもしれない。

だが銃を向けないとしても、この状況は王族に対して充分な罪となる。そうなると、大臣側は晴希が男だという裏がかなり取れており、捕まえて国王を騙していたとでも言って、突き出すつもりだろうか。それならば逆に国王を騙した反逆者として晴希が罰せられることになる。

そうなると、アルディーンに迷惑が掛かる――。

取り敢えず、妃殿下だとばれる前に全員倒して、警察に引き渡すのが最善の策なことは確かだ。

「もう一度言いますが、僕は旅行客ですよ」

一応、しらを切っておく。あくまでも一般人であることを主張した。

「まだしらばっくれますか、妃殿下」

「はぁ、早く帰らないといけないのに……まったく頑固な御仁だ」

晴希はぶつぶつ文句を言いながら、時計が入った老舗ブランドのショッパーを歩道の隅に置いた。騒動に巻き込まれ汚れてしまったらとんでもない。

「さあ、こちらへ！」

男の一人が晴希の手を掴もうとした。それをするりとすり抜け、逆に男の腕を掴むと、思い切り背負い投げで投げ飛ばした。

「うわぁっ……うっ……」

他の男たちが、何が起こったかわからないような顔をして、歩道に転がった男を見つめているうちに、晴希は次々に男たちを投げ飛ばした。

晴希を捕まえようとしている割には弱すぎる。きっと晴希が妃殿下であるため、相手も下手に傷つけてはいけないと手加減しているのだろうか。どちらにしても、晴希にとっては都合がよかった。

「くそっ！」

倒れた男が起き上がり、再び晴希を狙ってくる。上手く男の手を躱し、胸元に滑り込む。そのまま男の鳩尾に思い切り肘鉄を食らわせた。

「ぐはっ……」

そうしているうちに違う男が懲りずに後ろから襲ってくる。晴希は自分が今肘鉄を食らわせた男を盾にし、その男にぶつけてやった。男たちが地面に転がっていく。

晴希は正面に立って男たちに指示をしていたサダフィを睨みつけた。

「こんなことをしていたら、そろそろ警察が来るんじゃないですか？　いいんですか？

ここにいたら立場的にもまずいですよね」

「くそっ」

サダフィが晴希の言葉に、慌てて踵を返して逃げようとした。だが刹那、晴希の回し蹴りがサダフィの頬に食い込む。

「ぐわぁっ」

サダフィが地面に倒れる。一応手加減したから、頬が腫れるくらいしかダメージはないはずだが、サダフィは大袈裟なほど震えて青くなっていた。その彼の襟元を掴み上げる。

「逃がす訳ないでしょう。いい証人になってくれそうなのに」

晴希はそう言いながら、徐々に集まり出していた野次馬に向かってにっこりと笑った。

「すみませ〜ん。暴漢に襲われちゃったんですが、どなたか警察に連絡入れてくださっていますでしょうか？」

片手に顔の腫れ上がった男を抱え、どちらが暴漢なのかわからない状態ではあったが、一応こちらが被害者だと主張しておく。晴希が最初に襲われたのは、誰かが見ているはずだ。それに高級ブランドのショッパーもあるのだから、ブランドの威力も笠に着て、セレブのお坊ちゃんが暴漢に襲われた風を装うのにも適していると思う。

そんなことを算段していると野次馬をかき分け、一人の男が現れた。後ろに数人のボディーガードを連れている彼を見て、晴希の瞳がみるみるうちに大きく見開いた。

「ア……」

名前を呼びそうになったが、ここで出すには問題がありそうだったので、寸前で呑み込む。

「警察には今、連絡した。晴希、大丈夫……そうだな。まったく、相変わらずの腕前だな」

そう言いながらアルディーンが近づいてきて、公衆の面前でいきなり晴希を抱き締めた。

「なっ……」

人前でこんなことをされるとは思っていなかった晴希は、控えめに睨むことでアルディーンに抗議する。アルディーンは悪戯が成功した悪ガキのような顔で笑みを浮かべた。

「じゃじゃ馬が。肝が冷えたぞ」

「どうしてここに……」

「その話は後からだ。サダフィ大臣、一緒に来てもらおうか。貴公とは少し話をしなければならないようだからな」

「で、殿下……」

サダフィがこの世の終わりのような顔でアルディーンを見つめた。

「この男たちは今から来る警察に引き渡しておけ。大臣殿は私の車でしばらくドライブにお連れする」

「かしこまりました」

ハサディがいつの間にかアルディーンの傍へとやってきており、指示を受けていた。

「晴希も一緒に乗るんだ」

アルディーンに有無を言わせぬ口調で言われたら、従うしかない。晴希もまたアルディーンが乗ってきたリムジンに同乗した。続いてハサディや数名のボディーガードが乗り込んでくる。

リムジンが滑るように発車したと同時に、車内は動く取調室となった。

「サダフィ大臣、こんなところで我が妻、晴希に何をされようとしていたのですか？」

アルディーンは、晴希が聞いたこともないほどの低い声で、男たちに囲まれたサダフィに問い掛けた。サダフィは青い顔をしながらも笑みを浮かべる。余裕があるように装うつもりなのだろう。

「我が妻と仰いますが、その方が晴希妃殿下であるならば男性ではありませんか？」

晴希の心臓が大きく爆ぜる。何を考えてアルディーンが男の姿の晴希をわざわざ『妻』と言ったのか、まったく読めない。だがアルディーンは平然として認めた。

「男性だと何か問題があるのか？」

アルディーン！

アルディーンの考えが益々わからない。

「問題があるでしょう。我々は王女だとお聞きしているのですよ。それが王子などと……大問題です」

「ほぉ……。我が父、デルアン王国の王も晴希が男であることを認め、私の妃として迎えているのだが、お前は国王の認めたことを大問題とし、反対すると申すのだな？」

「え……」

「え？」

サダフィだけでなく、晴希も声を出してしまった。

「それに、聞くところによると、お前の屋敷に最近オルジェ王国の第一王妃の使者がよく顔を出しているらしいな。あまり頻繁であると何か良からぬことでも企んでいるのではないかと噂になるぞ？」

「な、何を……。以前色々とオルジェの第一王妃にはご配慮をいただいたので、未だ親交があるだけです。人聞きの悪いことを仰らないでいただきたい。殿下」

「オルジェの第一王妃は私の妻、晴希の母との折り合いが悪いと知ってのことか？」

「いえ、滅相もない。初めて耳にする話です」

「ハサディ」

急にアルディーンが従者の名前を呼んだ。するとハサディはボイスレコーダーらしきものを取り出して、スイッチを入れる。

『取り敢えず、晴希王女が男であることの証拠を摑むのが先決だ。男であれば、国王や国民を騙した罪でオルジェの第三王妃を追放することができ、王妃様のお心も安らぐでしょう』

『そして上手くいけば王妃の息子、晴希も追放できるかもしれない。さすればお前の娘がカフィール殿下の第一王妃として嫁ぐ可能性も出てくるぞ、サダフィ殿』

それにはサダフィと第三者の男の会話が録音されていた。アルディーンはつまらなそうにその会話を聞くと、片肘(かたひじ)をついた。

「お前は私だけでなく、デルアン国王までをもたばかろうとしているのか？　もし、あの女と手を組むようなことがあれば、国王に対する背信行為として捉(とら)えるがいいか？」

「こ、これはちょっとしたリップサービスですよ。心にもないことを口にしたのは私の未熟なところでございますが、オルジェの王妃もこれを本気にはしておられません。私と王妃の間に入った男が本当の悪です。こいつが我々を嵌(は)めようと、過激なことを口にしたのです。私としたことがこの男に乗せられてしまった……。この男を至急捕まえましょう」

サダフィが必死の形相で言い訳を口にした。あからさますぎてもちろん誰も信用しない。

「サダフィ大臣、あの女、第一王妃が本気でお前を守ると思うか？　自分の立場が悪くなれば、他国の大臣など、あっさり切り捨てるぞ」

「っ……」

サダフィが息を呑むのが晴希にまで伝わってきた。アルディーンが彼をどう処罰するのか、晴希は不安になった。自分と母が性別を偽ったために他人が罰せられるような機会は、今回が初めてだった。

そんな……、僕のせいで――。

胸が押し潰されそうになっていると、アルディーンが言葉を続けた。

「今回、お前が背信行為をしようとしていたことには、気付かない振りをしてやる」

え？

晴希はもちろん、そこにいたサダフィも目を大きくしてアルディーンの言葉を耳にした。

まさか……アルディーンは僕の気持ちを推し量って、処分を軽くしたのか？

あり得る。彼はいつだって晴希のことを一番に考え、対応してくれるのだ。今回のことも、晴希が自分を責めないようにと配慮しての処分だとわかった。

アルディーン……。

彼に本当に愛されているんだと実感する。

「早々に考えを改め、我らが国王に誠意をもって今まで以上に仕えよ。ただし、二度とこのような温情はないと思え。次にまたこのようなことがあったら、即座に星継の剣の主でもある私の名で、お前を更迭する。わかったな」

星継の剣――。晴希が嫁ぐことが決まった時に習った、この王家の伝統だ。

デルアン王国では第八王子までに自動的に王位継承権が与えられる。そして王位継承権の保持者の証として『星継の剣』を所有することが義務付けられていた。

自ら王位継承権を辞退したとしても、その剣を放棄することはできず、国王が次期国王を決めた際に、その王太子を承認するという意味も含め、剣を渡すという役目を担う。そのため『星継の剣』を持つ王子たちは他の王子とは一線が引かれており、発言にもかなり力があると聞いていた。

アルディーンの義弟、シャディールは王位継承権を放棄したが、未だ政界で力を持つのは、もちろんその力量もあるのだが、『星継の剣』の所有者でもあるからだ。

「それからこの録音データは預かっておく。コピーが欲しければ幾らでもあるから、こちらの男に言うがいい。すぐに用意をさせよう」

「い……いえ、結構でございます」

「フン、では話はこれまでだ。ご苦労だった」

アルディーンがそう言うや否や、リムジンが停まる。ドアが開けられると、そこはサダフィの屋敷の前であった。

「あ、あのこの件は陛下には……っ……」

「お前の心がけ次第だ。ああ、私の命を狙っても無駄だからな。万が一、私の身に何かあった時点ですべて父上に証拠が届くようになっている。場合によっては、犯人がお前でなくとも、お前が私の殺人容疑者になってしまうかもしれないな。気をつけられよ、『星継の剣』の持ち主を傷つけた者は親族共々極刑だ」

「ひっ……」

サダフィは半ば引き擦り降ろされるような形で車から出された。無情にもドアが閉められると、再びリムジンが動き出す。晴希はすぐにアルディーンに問い掛けた。

「アルディーン、今の……サダフィ大臣の件だけど、もしかして僕が責任を感じないように処分を軽くしたのか？」

「そんなことはない。大臣に恩を売る形で処分を下しておけば、追々その恩を利用して使える時があるかもしれないからだ。それに下手に処分して恨まれたら大変だしな。あの手の男は権力への執着が凄い。飴と鞭を施しただけだ。お前が気にすることはない」

「アルディーン……」

彼の名前を呼ぶと、彼がそっと手を握ってきた。大丈夫だ、と言われているようだった。

「それにしても、お前は相変わらず腕っぷしが強いな。かっこよかったぞ。それに昔、お前に助けられた時のことを思い出した」

「君に七年前に会った時か？　君、本当にのほほんとして治安の悪い地域にいたから、あの時は驚いたよ。結局は手助けなんていらないくらい君も喧嘩慣れしていたけどな」

「お前に助けられたのは事実さ」

　アルディーンが優しさに溢れた瞳で見つめてきた。車内にはハサディをはじめ、ボディーガードがいるので人目を気にしてしまうが、誰もいなかったら、きっと彼の胸に飛びついていただろう。

　そこまで考えて、ふと思考が停止する。

　え――――？

　飛びつく？　僕がアルディーンに？

　自然にそう思ってしまったことに驚くしかない。たった今、自分の思考からどれだけアルディーンのことを好きになっていたかを思い知った。誰もいなかったら彼の胸に飛び込みたいと思う自分がいるのだ。

　本当にどうしよう……こんなにアルディーンが好きだなんて、まったくの計算違いだ。

　結婚した当初は親友同士、楽しく一緒に生きていこう、彼を幸せにするためなら、どれだけでも努力しようと決めていた。だけど今はそれだけでは済まなかった。お互い慈しみ合い、愛し合いたいと願う自分がいる。

もう、どうしよう――。

顔がかぁっと熱くなる。近くにアルディーンがいるのに、ポーカーフェイスでいられない自分がいた。するとアルディーンが少しだけ不機嫌な顔をするのが目に入る。

「そんな可愛い顔をするな。我慢ができなくなる。もうしばらくその可愛い顔はとっておけ。皆に見せるな」

「見せるなって……」

周囲を見ると、ハサディも皆も、気を遣っているのだろう。顔をそむけてこちらを見ないようにしてくれていた。本当に恥ずかしくていたたまれない。許されるならすぐにこの車から降ろしてほしかった。

恥ずかしさ紛れに車窓から外を見ると、既に陽も暮れ、闇夜へと移り変わっていた。

闇夜？

「どこへ向かっているんだ？　街の灯りが見えないということは郊外？」

「そうだ。このままデザートサファリに行こう。今夜は砂嵐もなく晴れる予報だから、星が綺麗に見えるはずだ」

「星！」

「お前は今まで夜はあまり外出できなかっただろう？　結婚したらいつか砂漠の夜空を一

緒に見に行きたいと思っていたんだ」

　そうだ。いつも成人にしては早すぎる門限のせいもあって、アルディーンと夕食をとることさえも大変だった。星を見に行くなんて夢のまた夢だった。

「嬉しい。ありがとう、アルディーン」

　嬉しさを噛み締める。こんなに幸せに満ち溢れた瞬間を晴希は知らない。

「礼などいい。私も行きたかったんだ」

　そう言うとアルディーンが照れたように視線を逸らし、車窓に目を遣った。

　しばらく闇夜が続く。目を凝らしても人工的な光は一つとして見えない。黒い山に見える砂丘は月明かりが届くところだけ、白く輝いていた。

「殿下、到着致しました」

　やがてハサディから声が掛かると、アルディーンは晴希の手を取り、車から降りた。

　リムジンのライトで照らされているのは、真っ黒な闇へと延びるアスファルトの道路だ。砂漠の真ん中をこの先も道路が延々と続いていた。

　道路を挟むようにして存在する砂漠の上に４ＷＤの車が三台停められていた。すべてにエンジンがかかり、すぐに出発できる状態になっている。

「殿下、こちらを」

　渡されたのは車の鍵だ。どうやら結婚前の時のようにアルディーンが運転するらしい。

「お気をつけていってらっしゃいませ」

晴希はアルディーンが運転する4WDに乗り換え、夜の砂漠の海へと出掛けた。ハサディを含めボディーガードらも残りの二台に分かれて乗り、後をついてくる。

道路から外れ、月明かりに照らされた砂丘をひたすら走る。アラブの男は夜目が利き、こんな月明かりしかない場所でもしっかり見えると言われている。アルディーンも例外ではないようだ。

舗装されていない砂丘はでこぼこで、サスペンションが利いた車でないと、とてもではないが乗っていられない。まるで波乗り、サーフィンである。砂の波を上手く乗りこなし、大きくバウンドしながら道なき道を走った。

タイヤからは砂を蹴り上げるような振動が伝わってくる。大きなバウンドが来るたびに、頭を何度も車の天井にぶつけながら、揺れに振り回された。

声を出そうと思っても舌を噛みそうで、声も出ない。

どこを見ても同じ景色が地平線まで広がる砂漠では、方向感覚を失いがちだ。空に浮かぶ月や星の位置で自分の居場所を確認し、目的地へと走らせるしかない。

アルディーンはそれがわかっているのか、まったく迷う様子もなく車を走らせた。するとふと真っ暗な空間が目の前に現れる。崖(がけ)だ。砂丘の向こう側が急すぎて、崖のようになっていた。さすがにこれにはアルディーンも車を止める。

助手席から前方を覗き込むが、車のボンネットが邪魔をしているのもあって底が見えない。かなりの急斜面で、高低差がありそうだ。

「普通に走っていたから気付かなかったけど、かなりの高地を走っていたんだな」

やっと話せる状況になり、晴希はアルディーンに話し掛けた。だが、

「晴希、シートベルトをしっかり締めておけ」

「え？　何だって？」

聞き返しているうちに車が傾いた。そのまま砂の崖に滑り落ちる。

「え、ええええええええっ！」

百メートル以上はあると思われる砂の崖を一気に滑り落ちた。いや、落下と言ったほうが近いかもしれない。砂が物凄い勢いで舞い上がり、前も横も後ろもしっかり見えない。その上、振動は尋常ではなく、車が木っ端微塵になってしまうのではないかと思うほど上下左右に揺れた。キュルキュルと苦しそうに悲鳴を上げるタイヤやエンジンの音も恐怖を倍増させる。これは名のあるアトラクションよりも相当怖い。

恐怖で身を竦ませていると、ガクンと大きな揺れと共に車が止まった。それでどうにか命は無事であったことを確認する。すると隣でアルディーンが笑い出した。

「なっ……アルディーン、君、クレイジーすぎるっ」

「ハハッ……悪かった。晴希がそんなに怖がるとは思ってもいなかった」

悪かったと言いながらも、涙を流して笑っているので絶対楽しんでいる。

「ほら、車を降りよう」

アルディーンはシートベルトを外すと、車から降りた。晴希も意味がわからないまま、アルディーンに倣って外へと出る。するとアルディーンが空を指さした。視線を空に向ける。

「うわぁ……」

そこには満天の星があった。夜空に黒いところがないのではないかと思えるほど、星で空が埋め尽くされている。天の川も綺麗に浮かび上がり、幻想的な星空となっていた。

「ここは空気が澄んで、一番星が綺麗に見える秘密の場所なんだ。晴希に見せたかった」

「……凄いな、本当に。ありがとう、アルディーン。こんなの見たことがなかったよ」

濃紺の夜空をキャンバスに、無数の細かい星が光っている。その星々を覆うように淡い赤や紫色の水彩絵の具で描かれたような星雲が、濃紺の中に更に広がっていた。

夜空は黒などではなく、無数の色で彩られていることを知る。ずっと見ていても飽きない空だった。

地面に座り、しばらく空を眺めていると、アルディーンがブランケットごと後ろから抱き締めてきた。

「ブランケットが一枚しかないからな。二人で温まろう。砂漠の夜は冷えるからな」

「あ、ありがとう……」

アルディーンの躰が背中に密着して熱を伝えてくる。心臓がどきどきしてどうしていいかわからない。晴希は何か話をして気を紛らわそうと話題を探した。

「ああ、そうだ。そういえば、さっき君、サダフィ大臣に恐ろしいことを言っていたな」

「何だったか？」

「何って……国王陛下が、僕が男であることを知っていて、アルディーンの嫁になることを認めているって……どういうこと？　陛下は僕が男であることをご存じなのか？」

「あ――」

頭だけで後ろを振り返ると、アルディーンが何かを誤魔化すかのように目を逸らす。

「アルディーン」

強めの口調で催促すると、彼が降参したかのように視線を戻し、晴希の肩の上に顎を載せてきた。

「あまり言いたくない……」

「どうして？」

「……お前を騙していたからだ」

「騙す？」

聞き返すと、アルディーンは黙ってしまった。晴希は小さく息を吐くと、言葉を続けた。

「アルディーンは優しいから、ちょっとしたことでも、自分を責めるところがあるよな」

「私は優しくないぞ」

「優しいよ。親友としてずっと付き合ってきたけど、君が優しくなかったことなんて一度もない。だからもし騙されたとしても、君が思うほど僕は傷つかないから気にするな。君が騙すなんて余程のことだ。理由を聞けば納得するから、言ってくれ」

本音だった。この男が自分を騙すというのなら、騙されよう。すべてをひっくるめて、この男を愛しているから――。

「ほら、アルディーン、言えよ。今ならこの美しい夜空に免じて許してやる。陛下は僕が男だってご存じなのか？」

躰ごと揺すってやると、後ろからぎゅっとしがみつかれた。

「……父には結婚式の前に、お前が男であることを告げてある。何か問題が起きた時、父を騙していたとなると、お前に何かあるかもしれない。そう思うと、告げずにはいられなかった」

「ほら、やっぱり僕のことを思って、だ」

晴希はアルディーンに対して急に愛しさが込み上げてきて、彼の頭をそっと撫でた。

「お前は誤解しただろう？　私がお前の嘘を父にばらせず、結婚の話を断れなかったと思い込んだのをいい機会だと思い、お前の誤解を訂正しなかった」

「それだけ？」

優しく問い掛ける。彼は晴希を騙したと言ったが、それはきっと彼の胸にずっと突き刺さっており、彼の心も傷つけていたものに違いない。ならば、それを一つずつ聞くのは、晴希の役目のような気がした。

「晴希と初めて会った時、一目惚れをした」

「それは嬉しいな」

晴希は小さく笑いながら、アルディーンの頭を撫で続ける。

「私はお前と絶対に結婚すると決め、お前の友人面をして、ずっと機会を狙っていた。お前に優しくしていたのも下心からだ。私は優しい男ではない。お前だから優しくしていただけだ」

「よかった。君が誰にでも優しかったら、嫉妬をするところだった」

晴希の言葉に、彼の躰が僅かにぴくりと動く。そしてしばらく沈黙したかと思うと、堰を切ったかのように話し始めた。

「お前を逃がしたくなく、結婚話を持ち掛けたのも私自身だ。誰かに強要されたんじゃない。私はお前が男だと知っていた上で、嫁に欲しいと父に願った。だからお前が私に罪悪感を抱くことはないんだ。私がお前を騙して、手に入れただけなのだからな」

「騙してか……。そうか、僕が君と一緒になれたのは、君のお陰なんだな。ありがとう」

「え……」

アルディーンが晴希の肩から顔を上げた。だからこそ晴希はしっかりと彼に言い聞かせるように言葉を紡いだ。

「ありがとう。君がそうやって動いてくれなかったら、僕はずっと一人だった。もしかしたら、もう身分を偽って別の人生を歩み始めて、君と一生会えなくなってしまうところだった。そうならなくて、本当に良かった」

「晴希……」

彼の躰が固まっているのが背中から伝わってくる。余程晴希の言葉に驚いたようだ。そんなに驚くなんて失礼な奴だと思いながら、晴希は双眸を細めた。

「愛している、アルディーン。一人でここまで頑張ってくれてありがとう」

そう言うと、彼の瞳が僅かに揺れた。そしてすぐに晴希の肩に、表情を見られたくないとばかりに顔を埋めると、アルディーンは小さく呟いた。

「はっ……お前には敵わないな」

苦笑しながら言う彼の頭を、晴希はいつまでも撫でていた。

寒空の下、一つのブランケットを共有して二人で肌を温め合う。見えるのはどこまでも続く砂漠の地平線と、その重みで落ちてきそうなほどの星空だった。

息を吐く。

夜空には無数の星が瞬いていた。自分も地球上で例えるなら、あの無数の星の一つでしかないだろう。だがアルディーンの隣で輝けるという奇跡に晴希は改めて感謝した。

＊＊＊

星空を見た後、アルディーンは更に砂漠を進み、大きな塀を擁する屋敷へと辿り着いた。

四方を荒涼とした砂漠に囲まれたその屋敷は、外見は遊牧民、ベドウィンのテントを模したようになっている。だが、一歩中に入れば、室内は近代的な設備で整えられていた。使用人も目立たなくしているのか、必要最低限しか姿を現さない。まるで二人っきりのような気分を味わえる砂漠の真ん中に建てられたリゾートホテルといったところだろうか。

「ここは？」

「王族所有の砂漠の離宮だ。実は今日、父にこの離宮の使用許可を貰いに出掛けていたんだ。今夜は星空を見るには最高の天気だったからな」

避けられているかもしれないと、内心少しだけ思っていたので、出掛けていた理由を知ってホッとする。

「少しお前とよそよそしくなってしまったしな。仲直りのきっかけになればと、ここを押さえた」

　二人の間に微妙に距離ができてしまったことを、アルディーンも感じていたらしい。

「悪かった。飛行機の中でアルディーン、君の告白を受けた時、まだ心が決まっていなかったんだ。君の手をこのまま取っていいのか……」

「私がお前の手を摑んだんだ。お前が嫌だと言っても離さないから、悩む必要はない」

　そんな傲慢なことを平然と言うアルディーンに、つい笑ってしまう。彼といれば晴希の小さな悩みなど、すべて飛んでいってしまうだろう。

「僕は独占欲が思っていたより強いみたいなんだ。君がこれから妃を娶らないといけない時、それが君にとって最善だと頭でわかっていても、絶対醜く嫉妬してしまう。口では君のため身を引こうと言っていたけど、本当は僕が辛いんだ。僕が辛いから、君の手が取れなかった」

「晴希……違う……」

　アルディーンが何かを言い掛けたが、晴希は一番大事なことを言うために、その声を無視して言葉を続けた。

「でも、わかったんだ。君への愛が、一番大切であることを忘れなければ、辛さなんて乗り越えられるって。笑顔で君とどこかの女性の間に産まれた赤ちゃんを抱けるって……」

「晴希っ……」

　突然アルディーンに背中がしなるほどきつく抱き締められる。

「以前も言っただろう？　私はお前以外、娶るつもりはないと」

「だけど、そんなのは無理だ……君は『星継の剣』の所有者だ。そんな勝手なこと許されるものか。君も思いつきでそんなことを言うな。僕がそれでどれだけ傷つくか……」

「できるさ。我が王家には王子がたくさんいる。骨肉の争いを避けるためにも、これといって多くの王子はいらないし、王女もいらない。だが私にはお前が必要だ。お前がいなければ私の心臓は止まってしまうんだからな。重要度が違う」

　彼の指先が頰に触れてくる。何か言わないといけないのに喉が震えて声が出ない。本当にこのままずっとアルディーンと一緒に、彼を独占して生きていっていいのだろうか。

「今だってお前に触れられないだけで、心臓が苦しくて息さえもできないほどだ。助けてくれ。お前の愛しか私を助けることはできない」

「アルディーン……」

　晴希は自分を抱き締めるアルディーンの首にその手を回した。その拍子に昼間に買ったプレゼントのショッパーが床に落ちる。時計なので壊れなかったかひやりとしながら拾った。すると頭上から冷たい声が響く。

「それはお前自身のものではなさそうだな」

「え、これは……」

答えようとするが、いきなり抱え上げられる。

「言い訳は部屋に行って聞こうか、晴希」

「ア、アルディーン！」

そのまま誰もいない廊下を、晴希を抱えて真っ直ぐ歩く。エントランスで出迎えてくれた使用人もいつの間にか姿を消していた。

黄金で彩られた豪奢な廊下を行くと、大きな扉の前に出た。そこを乱暴に開けると、目の前には天蓋付きのベッドのある大きな寝室が現れた。そしてその先には砂漠を見渡せるテラスが広がっていた。

テラスには柔らかい光を発するランプが幾つか置かれ、温かみのある空間になっていた。そこに絨毯が敷かれ、ゆったりと過ごすには最適そうな、躰をしっかりと受け止める大きなクッションも置かれてあった。

アルディーンは部屋を通り抜け、テラスへ出ると、その大きなクッションへと晴希を下ろした。そして自分もその隣へと座る。

来た時にこの屋敷がベドウィンのテント風に見えたのは、このテラスの屋根の部分だったらしい。白い布が張られ、昼の強い日差しや多少の雨ならしのげるようになっていた。

「さあ、聞かせてもらおうか。その時計は何だ？」

アルディーンにサプライズとして渡したかったプレゼントだ。できれば驚かせたいので、どう答えたらいいか迷う。何か言い逃れはできないか考え、話題を逸らした。

「その前に、アルディーン、どうしてあんなにタイミングよくあそこに現れたんだ？　君、王宮へ出掛けていたんだろう？」

すると今度はアルディーンが困窮した表情をして見せた。これは何かあると、晴希は双眸を鋭くした。

「騙した他に、まだ僕に何か隠し事があるっていうのか？」

こう言えば、アルディーンも答えざるを得ないだろう。案の定、アルディーンは弱々しく両手を上げた。

「はぁ……わかった。降参だ。正直に言おう。お前に内緒で密偵をつけていた」

「密偵？　どうして」

「理由は二つある。一つは、お前が私のことを嫌いになって出て行ってしまうのではないかと不安だったんだ」

「君が不安？」

強く、誰をもひれ伏させてしまうようなこの男を、僕が不安にさせたというのか？

そちらのほうが驚く。

「当たり前だ。私を何だと思っている。愛する人に捨てられたら泣き崩れるぞ？」

「泣き崩れるって……」

　そう言うと、彼が不満げに見つめてきた。だからもう一言付け足す。

「――だが、密偵を内緒でつけるなんて、余程僕は君に信用がないんだな」

　途端、形勢逆転だ。アルディーンが焦り出す。

「いや、そういう訳じゃ……。はぁ、お前は私がお前に弱いことを知っていて、そういう言い方をするんだな。悪い男だ。あまり苛めてくれるな」

「ふふ、君が密偵をつけたなんて言うからさ。それでもう一つは？」

「あのボイスレコーダーを聞いてもわかったと思うが、最近サダフィ大臣の動きが顕著になっていたのもある」

　確かに、晴希もいきなり声を掛けられて驚いた。あんなに急に大臣が動くとは思ってもいなかった。

「だが、それにしてもすぐに来たじゃないか。僕が大臣と接触してから君が現れるまで、そんなに時間は掛かってなかったよな」

「フン、そこからが私もお前と一度話をせねばならぬなと、思っていたところだ」

　急にアルディーンから不穏な空気が流れる。

「密偵からお前が老舗の時計店に入ったという連絡が来た。しかも女性と一緒にプレゼントを選んでいるようだとな」

女性？　店のスタッフのことだろうか。密偵も莫迦な勘違いをしてくれたものだ。だが、色々と既にアルディーンの許には情報が入っているようで、どうやら簡単に言い逃れはできそうもなかった。

「ぜひそれは現場を押さえて、お前が一体誰に何を買おうとしているのか、しっかりと聞く必要があると思って出向いたら、お前が大臣とやり合っていたという訳だ。で、一体、女というのは誰なんだ。サーシャは宮殿にいたと聞いているから、嘘を言っても駄目だぞ」

「知ってどうするんだ？」

「私はお前の夫だ。しかるべき報いをその相手に受けさせる」

下手に言い訳しても誤解は解けそうにもなかった。これはもう時計を見せるしかない。

「じゃあ、そうしてもらおうか」

晴希がブランド名の入ったショッパーをアルディーンの前に差し出した途端、彼が奪うように手に取る。そして乱暴に中から箱を出すと、遠慮の欠片もなくリボンを解き始め、中から腕時計を取り出した。

「男物！　まさか……お前……」

「ストップ。君、ややこしくなるから、あり得ない想像はするなよ。文字盤の裏のメッセージを読め」

アルディーンは言われるまま時計を裏返し、文字盤の裏を確認する。

「『ＨｔｏＡ』。Ｈは晴希だな。Ａとは……え……」

「相手の名前は、カフィール・アルディーン・ビン・ハディル。本当は『Ｋ』と刻むべきなのかもしれないが、彼と僕の間ではアルディーンで通っているから『Ａ』とした。不服か？」

「な……」

彼の瞳がみるみるうちに大きく見開かれる。やがて今まで見たこともないほど呆けた顔をした。

「……どういうことだ？　女と一緒にいたというのは……」

「知らないよ。たぶん店のスタッフだと思う。確かに女性だったから」

「はぁ……」

アルディーンが力なくクッションへと沈む。その様子がおかしくて、晴希はつい笑ってしまった。

「君の密偵にしては迂闊な報告だよな」

「いや、ハサディだ。ハサディがわざと私を焚き付けたに違いない。私とお前が少しよそよそしくなっていたのを彼なりに心配していたからな。あいつは乳兄弟でもあるから、時々職権を乱用することがあるんだ。すべて私のためだから怒ることができないんだがな」

晴希にとってサーシャみたいな存在なのだろう。

「でも、君がそんなに慌てるなんて、ちょっと驚いたよ」

「それはそうだろう。いくら私がお前を愛しても、女には敵わないと思っているからだ」

え――――？

その想いには覚えがある。まさに晴希が以前まで悩んでいたことだ。だが晴希はそれで躊躇していたが、アルディーンは逆に積極的に動いていたらしい。まったく真逆である。

なんだ、そういうことか……。

途端、気持ちが軽くなった。

「だからお前が私にプレゼントしてくれるなどと、情けない話、考えてもいなかった。知らない女といたことで頭がいっぱいだった。少し考えればおかしいことくらい気付けたはずだが、お前のことになると冷静になれないところがある。参ったな……」

アルディーンが片手で自分の顔を覆う。手の合間から見える彼の顔が少し赤い。

「……好きな人に何か贈りたいって思ったんだ」

正直に告げ、晴希の顔も熱くなってきた。それでも恥ずかしさに堪えて今言わないといけないことをきちんと言おうと心に決めていた。

「本当はこれを君に渡して、僕の気持ちを告白するつもりだったんだ。それを君があんな素敵な夜空を見せてくれるから、我慢できずに先に告白してしまった」

「晴希……」

「改めて言わせてくれ。アルディーン、僕は君が好きだ。愛している。初めて会った時から君のことがずっと好きだった。それが恋愛感情だったと気づいたのは最近だけど、昔から君に特別な感情を抱いていたのは自覚していた」

「晴……希」

彼の瞳が大きく見開く。本当に綺麗な黒い瞳だった。この瞳を一生見続け、そして守っていく。そんな幸せを晴希は手に入れてしまった。

「ごめん、今まではっきり言わなくて。でもやっと覚悟ができたんだ。どんなことがあっても僕は君を愛し続けるって……」

「頼もしいな。私はお前にめろめろだから、そんなことをお前から言われたら、理性を保つのが大変だ」

「いつも本能のまま僕を貪る(むさぼ)のに？」

「お前が私の理性を失(な)くさせるんだ。私だけのせいみたいに言わないでくれ、マイハニー」

アルディーンはそう言うと、晴希の手を持ち上げ、そっと指先にキスをした。

「この時計、私の好みだ。よくわかったな」

「君とずっと一緒にいたんだ。好みくらい把握しているよ」

「そうか、ありがとう。時計、大切にする」

アルディーンは時計を嵌めると、愛おしいものを見るような目つきでその時計を見つめた。その様子から彼が気に入ってくれたことは一目でわかる。

「晴希、この時計をペアにしよう。お前の分を私が買ってプレゼントをするから、一緒につけないか？」

「そうだな、君がいつも身に着けてくれるなら」

「ああ、身に着ける。だからお揃いにしよう」

アルディーンの顔が近づいてくる。そのまま唇を塞がれ、すぐに離れる。彼の端整な顔が間近にあった。

「愛している、晴希――――」

「僕もアルディーン、君を愛している」

彼の指先が晴希の頬を撫でてくる。

「晴希、今更間違えたって言うのはなしだぞ？　私を喜ばせたのだ。責任はとってもらうからな」

「間違えていない……じっくり考えた答えだから……あっ……」

いきなりクッションに押し付けられたかと思うと、アルディーンが覆い被さってきた。

「アルディーン……ここ、テラスだから」

「ここで抱きたい。夜空の星にお前を自慢したい」

「莫迦なこと……を……え……」

彼の手が、晴希の白いトーブの裾を捲り上げて中へと入り込んでくる。裾除けのような布を下に巻いていたがそれも捲られ、すぐに下着へと指が掛かった。すると一瞬、アルディーンの指が止まった。

「もう勃っていたのか」

彼の口許には意地の悪い笑みが浮かんでいる。

「……やっぱり君はデリカシーがなさすぎる」

じろりと睨んでやると彼が破顔した。

「お前の前だと思ったことがすぐに口に出てしまうんだ。許せ」

こめかみにキスを落とされたと思うと、彼の手が器用に晴希の服を脱がしていく。晴希もまた彼になされるまま服を脱がされた。すぐに素肌が彼の目に晒される。

「明るいところでお前の姿を見るのもいいが、星空の下、ランプの淡い光で見るお前の裸も、かなりそそられるな」

乳首をぺろりと舐められた。

「んっ……」

ぞくぞくとした痺れが背筋を駆け上がる。

「アルディーンも脱いで……っ……」

乞うと、彼が名残惜しそうに晴希から離れ、乱雑に服を脱いだ。どこか布が破れたような音が聞こえたが、今はそんなことは無視だ。お互い一刻でも早く素肌に触れたい。

「晴希っ……」

「来て、アルディーン……っ……」

手を広げて彼を迎えると、彼が荒々しく掻き抱いてきた。嵐のような衝動に流される。

腕時計をしたまま彼の手が晴希の肌の上を慌ただしく動き回った。

「あっ……あぁぁっ……」

ジンジンと疼くような熱が全身から晴希の下半身へと集まってくる。彼の唇、指、素肌が自分の躰に触れているのかと思うだけで、劣情が破裂しそうだ。頭を擡げた晴希の男根が、アルディーンの下腹に擦られ歓喜の声を上げ続ける。

追い詰められる――。

息ができないほど追い詰められ、滾る熱に責められる。

「はっ……アルディーン……早く……」

「もう少し我慢しろ。お前を傷つけたくない」

早く彼の熱を与えられないと、死んでしまいそうなのに、こんな時でさえ冷静な彼を少し恨めしく思う。

　彼の指が触れるところから次々と快楽が湧き起こった。どうしようもない喜悦に背筋がぞくぞくする。襲い来る快感に耐えるようにして、晴希はアルディーンの背中にしがみ付いた。

「そんなにしがみ付いていては、お前を可愛がってやれないぞ?」

「そんな……あっ……」

　非難の目を向けようとすると、彼の指先が晴希の既に濡れ始めていた下半身に絡まる。刹那ぶわっと晴希の中心を愉悦が襲ってきた。

「んん……あっ……」

「こんなに私を欲しがってくれるとは、男冥利に尽きるな」

　耳元で囁かれ、頭の芯まで痺れてくる。彼の指がゆっくりと晴希を扱き始めた。

「はっ……」

　緩やかな刺激に腰が艶めかしく揺れる。その動きに誘われるようにして、アルディーンがリズムをつけて晴希を扱いた。同時に乳首にも舌を絡ませてくる。上も下も責められ、快感が渦を巻いて晴希の中で膨らみ出した。

「ああっ……も……はや……くっ……ぁ……っ……」

　晴希の先端からぬちょぬちょといやらしい音が立ち始める。いかに感じているかアルディーンにばれてしまっていることに羞恥を覚え、顔を両手で隠した。だがそれを制され、無理やり手を顔から剝がされる。

「な……」

「隠すな、晴希。お前の可愛い顔を私に見せろ」

「そんな……え……あぁぁっ……」

　晴希の劣情に絡み付いていた指の動きが、いきなり激しくなった。鼓動が速くなり、全身に淫らな熱が滾る。晴希は唇を嚙んで嬌声を漏らさないようした。だが、アルディーンがそれを許さなかった。

「声を殺すな。そのままを聞かせろ。私にありのままのお前を渡してくれ。私もありのままの自分をお前にやる」

「アルディーン……っ……あぁぁぁ……」

　熱が下半身へと集中し、溢れ出す喜悦が濁流となって晴希の理性を凌駕してくる。淫靡な熱が膨らみ、視界が霞んだかと思うと、躰の奥底で沸々と煮えたぎる快感に打ち震えた。

　そうしているうちに、アルディーンの指が双丘に潜む入り口へと忍び込んできた。潤滑油か何かをいつの間にか使ったようで、するりと簡単に呑み込んでしまう。

「ふっ……」

快楽が蠢く。彼のもので躰中を埋め尽くされたい。最奥を穿たれ、全身で彼を感じたかった。もう我慢できない。

挿れて――。

そう願った時だった。晴希の願いが聞こえたのか、アルディーンが低い声で囁いた。

「挿れるぞ」

必死に耐えたような響きに、彼の愛情が見え隠れし、晴希の胸が熱くなった。そのまま灼熱の楔が晴希を貫く。

「あぁぁあっ……」

積極的に彼を受け入れようと、晴希の蜜路が収斂を繰り返す。

「はっ……ア……アル……ディ……あぁぁ……」

「くっ……そんなに私を待っていてくれたとはな……すぐに持っていかれそうだ」

晴希の隘路でアルディーンの欲望が大きく膨らんだ。

「アルディーン……、大きくな……った……っ……」

「お前が可愛いから仕方がない」

「仕方がないって……はっ……あぁ……ふっ……はぁ……」

彼の灼熱の欲望が力強く律動するたびに、晴希の中が引っ張られるような感覚が生まれた。それはすぐ淫らな熱に変わり、晴希の全身に広がっていく。絶え間なく与えられる愉悦に晴希の真珠の肌がざわざわとざわめいた。

「お前の細い腕には、私のよりも、もう少し小ぶりのほうが似合うな」

一瞬何のことかわからなかったが、間を置かずして、腕時計のことを言っているのだと気付く。

「あ……」

目の前ではプレゼントした時計に唇を寄せるアルディーンがいた。

「お前がくれたものだ。大切にする」

時計一つにとても喜んでくれる彼を見て、胸が熱くなった。

「アルディーンがそんなに喜んでくれて、嬉し……あぁ……っ……」

話の途中なのに一段と激しく穿たれる。眩暈がしそうなほどの喜悦が、躰の底から絶え間なく湧き起こった。自分の中で、愛で膨らみ硬くなったアルディーンの屹立を感じる。愛おしさにそれを思わずきつく締め付けてしまった。

「うっ……」

彼の低く甘い呻き声が聞こえる。

「は……なかなかの求愛だな。これは誠実に応えないとな」

「え？　なっ……ふあぁ……ん……」

激しく突き上げられ、喉が仰け反った。そこをアルディーンに歯を立てられ甘噛みされる。まさに貪られるといった表現が一番正しい感じがした。

がくがくと揺さぶられ繰り返される抽挿に、晴希はクッションから滑り落ちそうになるが、何度も抱え直され、また穿たれる。下半身が痺れ、力が入らなくなった。このままどろどろに溶けて、アルディーンと一つになってしまいそうな錯覚さえ抱く。

「ふ……あぁぁっ……あっ……やっ……深い……深い、から……あぁ……」

どこが終わりなのかわからない更に最奥へとアルディーンが突き進む。蜜弁をぐりぐりと無理やりこじ開けようとしてきた。

「あ……や……だめ……突くな……あぁ……」

そう口にした途端、ぐぐっと圧迫感を覚えたかと思うと、するりと灼熱の楔が入り込む感覚が生まれる。禁断の蜜弁を突破されたのだ。

「あぁぁぁあああっ……」

結腸を責められ、目の前がチカチカするほどの快楽にとどめを刺される。晴希は息も絶え絶えだった。

「はぅ……ひゅ……ぁぁ……」

だが貪られているようで、実は晴希がアルディーンを貪っているのかもしれない。その証拠に、躰の奥を抉るように貫いてきた彼を二度と離さないとばかりに、思い切り強く搦め取った。

「ふぁっ……」

気づけば晴希はアルディーンの腹を濡らすかのように白濁した蜜を吐き出していた。それと同時に最奥の先に熱い飛沫が弾けるのを感じる。アルディーンが達したのだ。秘膜に当たる刺激に、再び晴希に官能の火が灯る。

「ん……はぁぁぁぁっ……」

アルディーンの精液はとどまることなく、晴希の中へと注がれた。あまりの量の多さに、繋がっている部分から彼の精液が滲んできて、晴希の太腿を伝い落ちていく。

「アルディーン、多い……っ……おなか……いっぱい……漏れるっ……くっ……」

あまりの量に細胞一つ一つが彼の精液で塗り替えられそうだ。晴希はその刺激に淫らな熱を昂らせ、また射精をしてしまった。

「あっ……んっ……」

「また達ったのか？」

アルディーンは未だ精液を注ぎ込みながら、晴希の先端を指の腹で撫でた。快感で指先一つ動かせない晴希は彼にされるがままだ。

「もっと達かせてやる。お前の躰を余すところなく舐めて、舐めつくして、その唇もこの臀部の蕾も、全部私で埋めてやる」

「そんな……もう……だ、め……っ……」

腰をアルディーンに強引に引き寄せられ、更に奥へと男の欲望が捻じ込まれる。甘くどろどろとした快楽が晴希の中で弾け飛ぶ。

「あ、あ、あ……っ……んっ……」

「晴希——愛している」

甘い吐息がしきりなく零れる唇に、アルディーンのそれが重なる。丁寧に、じっくりと唇を合わせ、お互いの熱を共有し合った。唇を離してはお互いに見つめ合い、そしてまたキスをする。愛を確かめ合うように、何度も何度もキスをした。

「愛している、晴希。何度言っても言い足りないほど、愛している、晴希」

「僕も愛している。だから一生離さないで——」

「離すものか——」

夜空を背景に二人の影がまた一つになる。満天の星は宝石をちりばめたように輝き、二人を照らしていた。

◆ エピローグ ◆

テラスで裸のままシーツに包まれて、月明かりに照らされる広大な砂漠と、シャンパンの泡が弾けたように輝く星を、クッションに凭れながら二人で見上げていた。

アルディーンの体温の心地よさに晴希がまどろんでいると、彼が甘えるように首筋に鼻を擦り寄せてくる。まるで大きな鷹に懐かれたようだ。晴希は彼の頭に頬を寄せながら頭を撫でた。

「晴希……実はまだお前に隠していることがある」

ぽつりとアルディーンが呟いた。

「怖いな……何？」

晴希は頭を撫でるのを止め、自分の背後に引っ付くアルディーンを首だけで振り返った。

「お前が男であると父王に伝えた話は砂漠でしたよな」

「ああ」

「実はお前の父、オルジェ国王にも、お前が王子であると、先日、お前の母を見舞った時に話をしておいた」

「ええっ⁉　何を勝手にやっているんだっ？」

晴希は驚いてアルディーンの胸から身を起こすが、すぐに引き戻され、腕の中に閉じ込められる。だが、まったりとしている余裕はなかった。じたばたと暴れてアルディーンの拘束を解き、彼と向かい合った。

「もしかして、あの時だな。父とランチをするって言って、王宮へ戻った時だな。僕は君が気を遣ってくれたんだと感謝していたのに、そんなことをしていたのか。え……それで、父はなんと？　というか、母は大丈夫なのか？　何も連絡がないけど……え、まさか、連絡をする時間も与えられず、投獄されたとか、そんなことが……」

パニックだ。こんなことをしている場合ではない。晴希は急いで服を着ようと立ち上がろうとしたが、腕を引っ張られ、また彼の腕の中に閉じ込められる。

「待て、私がそんなへまをすると思うか？　お前の母を投獄させるなどと。させる訳はなかろう？　晴希、落ち着け」

「落ち着けって言われても、どう落ち着けば……。母は大丈夫なのか？」

「大丈夫だ。ちなみにお前の父王も、お前が帰った後、第三王妃を訪ねて和解している」

「え……父と母が？」

思わずアルディーンへの抵抗を緩める。すると更にすっぽりと抱き締められた。

「ああ、あの日、お前が泊まりたそうにしていたのを、気付かぬ振りをして無理やり連れて帰ったのは、あの後、国王が王妃の離宮に来ることを知っていたからだ」

「なっ……」

どこからどこまで彼の手の上で転がされていたのか。またはいるのか、まったく想像がつかない。

「晴希が生まれた当時、オルジェ王国の王子が次々と命を落とす事件が発生していたせいで、王子を身籠もった第三王妃は何としてでも我が子を守りたいがために、晴希を王女として育てたと正直に話したよ。ついでに適当に、日本では躰の弱い幼い王子が女の子として幼少の頃育てられるのは昔からよくあることだと、多少の嘘も入れたが、まあ、それも許される範囲だろう？」

開いた口が塞がらない。晴希たちがずっと悩んできたことを、この男は舌先三寸で済ませてしまったのだ。もちろん第三者という立場と、デルアン王国の王子で晴希の夫という肩書があったからこそできたことではあるが、驚くしかない。

「王妃も日本の古来の風習に倣っただけで、国王や国民を騙そうとは思ってもおらず、晴希王子にも他意はないことをしっかり説明しておいた。ああ、それを国王にいつ伝えようかと悩んでいるうちに月日が経ってしまったとも付け足しておいたから、まあ、そこそこ上手く説明できたと自負しているんだが、どうだい、晴希？」

耳元でそっと囁(ささや)かれる。背筋に電流が走ったかのような強い痺(しび)れが湧き起こった。

「ただ、第一王妃については同情するべきところもある」

「同情？」

「幼い王子が次々と死んだ件だが、王子を産んでいない第一王妃が殺したんじゃないかという悪い噂(うわさ)が立ったのは知っているだろう？　あれは実際、事故や病死だったらしい。第一王妃にはまったく関係ない。だが、当時民衆たちは、すっかり第一王妃のせいだと信じ込み、そして噂したせいで、精神的に彼女を追い詰めたようだ。お前の母につらく当たったのも、それだけじゃないにしろ、そういった事情もあったらしい」

「そうなのか……？」

　だからと言って、母への仕打ちは許せるものではないが、理由がわかったことで、少し理性的に判断できるようにはなる。

「オルジェの国王はすべて把握されていて、第一王妃の行いを咎(とが)めずにおられたようだが、今回のことから、改めて王妃たちとの時間を今よりも多くとって、対処されていくということだった」

　優しい父のことだ。その言葉通り、これから今まで以上に王妃たちの心のケアに気を遣うのであろう。

「だから、晴希、お前はもう心配しなくていい。自由にいられるんだ」

「でも、国民の前ではそうはいかないだろう？　王女って言っちゃっているし」

「まあ、時間が経てばそれもどうにかなるだろう。第六王子の伴侶も男なんだ。直に第五だったか第六だったかどちらの王子の伴侶が男なのか、国民も曖昧になって、どっちでも関係なくなるさ」

「そんないい加減な……」

　そう言いながらも、心の咎が軽くなったのは間違いない。両国の王を騙し続けることは、やはり晴希にとってかなり精神的負担となっていたし、遅かれ早かれ、いつかすべてを知られてしまう日が来るのは何となくわかっていたので、心に爆弾を持っているような不安から解放され、やっと本当の幸せに向かって歩いていけるような気がした。

「まあ、確かにいい加減だな。それでもいつか、きちんと説明できる機会が巡ってきたら、こちらも解決するさ」

　前向きなアルディーンの言葉に、晴希もいつか解決するような気がした。

「ありがとう、アルディーン……」

　晴希の声に、アルディーンが頬に軽くキスをして応える。だが、晴希にはまだ一つ納得できていないことがあった。

「でも、アルディーン、どうしてそのことを今まで僕に黙っていたんだ？　僕がそのことで悩んでいたのを知っていただろう？」

彼の動きが僅かに止まったのがわかる。また何かを隠しているのがわかり、晴希はじっとアルディーンの顔を見つめた。しばらく見つめ合い、とうとうアルディーンが目を逸らして、ぼそぼそっと呟いた。

「……自信がなかったんだ」

「自信？」

アルディーンに自信をなくさせるようなこととは何だろう。

晴希は更に彼を見つめ、その続きを待った。

「お前に愛されているって、やっとわかったから告白するんだ。いいか、これを聞いて私を嫌うことになっても、私はお前を放すつもりはないから覚悟して聞け」

真面目な顔をしてアルディーンが言ってくるので、晴希はつい笑ってしまった。

「なんで、そんなに偉そうに言うんだ」

だがアルディーンは真剣な顔つきで言葉を続けた。

「お前は両国の国王に自分の嘘がばれたら大変だと、結婚することで私の協力を得たいと思っていただろう？」

「まあ、そうだな」

それがどうかしたのだろうか。晴希が首を傾げていると、アルディーンが大きく頷いた。

「だからだ。嘘がばれたら大変だと思わせなければ、お前に私を選んでもらう自信がなかったんだ」

「え？」

「父や皆にお前のことをもう説明してあるとは、怖くて言えなかった。だったら解決したとばかりに離婚されたり、出ていかれたりしたらどうしようと、女々しいことばかり考えていた」

「どうして、そんな……」

「私はお前に対しては臆病（おくびょう）で弱虫なんだ。よく覚えておけ。わかったな」

　ぎゅうっとアルディーンが抱き締めてくる。人前では鷹揚（おうよう）な態度を取るところもある彼が、晴希にだけ甘えて、弱い面を見せてくれることに、彼への愛を感じずにはいられなかった。

　伴侶というものはそういうものなのだろう。すべてを見せることができる唯一の相手。愛（いと）しさが増す。

「もう、だからなんでそんなに偉そうに言うんだよ。笑えるだろう？」

　晴希は自分からアルディーンに力強く抱きついた。自分こそ彼を絶対放さないと心に誓いながら――。

　ハッピー・ウエディング。

あとがき

初めまして、またはこんにちは。ゆりの菜櫻(なお)です。

アラビアンシリーズ第二弾です。これも前回『アラビアン・プロポーズ　～獅子王の花嫁～』を買って読んでくださった皆様のお陰です。本当にありがとうございます。

第二弾といっても、スピンオフになっておりますので、これだけでも内容はわかるようになっています。ご安心ください。

さて今回は、『アラブの王子×アラブの王子、ご結婚⁉』という、私的わくわくテーマです（笑）。

ある理由で子供の頃から女の子として育てられた晴希(はるき)が、そのまま本当に誰にも秘密がばれずに、それこそ幸か不幸か父王にもばれずに、男の子なのに女の子として結婚させられちゃった！　なんというロマン（え？　笑）。という感じでプロットを練り、楽しく書かせていただきました。

脇役も脳内で色々動いておりました。例えばサーシャは、本当はアルディーンのことをいけ好かない男だと思っているし、従者のハサディはなかなかできる男で、実は年下の彼氏がいて、その彼氏を苛めるのが大好きとか、そんな裏設定を心の中で描きながら書いておりました。

　その中でも、サーシャについては、コミコミスタジオ様特典のＳＳペーパーで少し書かせていただいています。あと、今回も他にも幾つかＳＳを書かせてもらいました。まず、初版限定特典ＳＳは前作『アラビアン・プロポーズ』のシャディールと慧の話です。アルディーンと晴希の裏で動いていたもう一組のカップルをお楽しみください。

　そして他にはＡｍａｚｏｎ様限定ＳＳ、アルディーンと晴希が、オルジェの王宮の中庭で初めて出会った時の晴希視点の話になります。更にアニメイト様限定特典のＳＳではアルディーンのキャラが少し壊れ気味のコメディを書かせていただきました。

　また機会がありましたら、読んでみてくださいね。

　さてさて、アラブは国によって、物の名称や規律など色々と違うのですが、規律については比較的緩い国を参考にさせてもらっています。

　あと今回のアルディーンと晴希の結婚式はちょっと私の妄想が入っています。

　実は今のアラブの結婚式を調べると、もう欧米と変わらないところもあるんですね。

　女性も顔は隠さないし、肩や胸元が開いたウエディングドレスを着ていたりと、アラブのイメージから遠く離れてしまっておりました。かといって、別の国ではまったく地味で、家族だけで結婚式というか、家で儀式をしておしまいというのもあって、本当に同じアラブでも千差万別、なかなか興味深いものがありました。

なので、今回はいろんな国の結婚式を混ぜて、そこに妄想を入れてみました。デルアン王国の結婚式はこうだ！　みたいな（笑）。

このシリーズの舞台となっているデルアン王国は、アラブ首長国連邦周遊に行った時に、現地で収集した情報を元に作り上げたので、いろんな国の要素が詰まった王国になっております。なので、もしかしたら皆様の中でも、あれ、これってあそこの国のことかな？　とか思われる方もいらっしゃるかも。またそういう楽しみ方もしてみてください。

今回も素敵なイラストを描いてくださったのは兼守美行（かねもりみゆき）先生です。現在、表紙のラフが届いており、その素晴らしさに、うっとりです。衣装を創作してくださったそうで、アラブの雰囲気を持ちつつ、華やかなデザインで見惚れました。ありがとうございます。

そして担当様、今回もご指導ありがとうございました。前回と同様、私が延々と書きそうな箇所を、既に予想されていまして（笑）、「結婚式までの話は五十頁くらいで抑えてくださいね」と念押しされました。お陰でストーリーのバランスが上手くいきました。ありがとうございます。

そういえば、晴希がアルディーンに贈った腕時計ですが、フラ◯ク・ミ◯ラーあたりのクロノグラフタイプのイメージで、ステンレスベルト、文字盤はダイヤモンドで埋め尽くされて、時間が読めないいじゃん！　ついでに価格は千五百万円はくだらないくらいな感じ！　的なデザインを考えておりました。すると、ラフの段階で兼守美行先生から「こんな感じの時計でいいですか？」とデザインの見本が添付されてきたのですが、まさにイメージしていた通りのものがきて、びっくり。以心伝心とはこのことだと思いました。

まだこれから色々とラフが届くのですが、楽しみです。

あ、まだちょっと紙幅に余裕が（笑）。少し余談を。先日、スマホの機種変更をしたのですが、電話がかかってきても反応してくれないというトラブルに遭いました。タップしてもスワイプしても反応してくれず、店舗まで行ってきました。そこでも原因がわからず、機種変更に失敗したなぁと思っていたら、メーカーからアップデートが。なんと電話に反応しにくいというバグがあったそうで、それの修正でした。アップデートしたら正常に電話ができるようになりました。よかった。たった一日でしたが、当たり前だと思っていた機能が使えないと焦りますよ。そしてその時に限り、担当様から電話が掛かってくるという……なんというタイミング（笑）。

最後になりましたが、ここまで読んでくださった皆様、本当にありがとうございました。少しでも面白かった、気分転換になったと思っていただけたら嬉しいです。

それでは、また皆様とお会いできるのを楽しみにしております。

『アラビアン・ウエディング　～灼鷹王の花嫁～』、いかがでしたか？

ゆりの菜櫻先生、イラストの兼守美行先生への、みなさまのお便りをお待ちしております。

ゆりの菜櫻先生のファンレターのあて先

〒112-8001　東京都文京区音羽2-12-21　講談社　文芸第三出版部「ゆりの菜櫻先生」係

兼守美行先生のファンレターのあて先

〒112-8001　東京都文京区音羽2-12-21　講談社　文芸第三出版部「兼守美行先生」係

N.D.C.913　248p　15cm

ゆりの菜櫻（ゆりの・なお）

講談社X文庫

２月２日生まれ、Ｏ型。

相変わらず醤油味命派です。

おやつは、醤油味のゴマ入りせんべいが一番好きです。

日本の醤油がないと生きていけない。

Webサイト、ツイッターやっています。よろしければ「ゆりの菜櫻」で検索してみてください。

アラビアン・ウエディング　～灼鷹王の花嫁～
ゆりの菜櫻
●
2018年12月３日　第１刷発行

定価はカバーに表示してあります。
発行者――渡瀬昌彦
発行所――株式会社　講談社
東京都文京区音羽2-12-21 〒112-8001
電話　編集　03-5395-3507
販売　03-5395-5817
業務　03-5395-3615
本文印刷－豊国印刷株式会社
製本―――株式会社国宝社
カバー印刷－半七写真印刷工業株式会社
本文データ制作－講談社デジタル製作
デザイン－山口　馨

ISBN978-4-06-513945-5

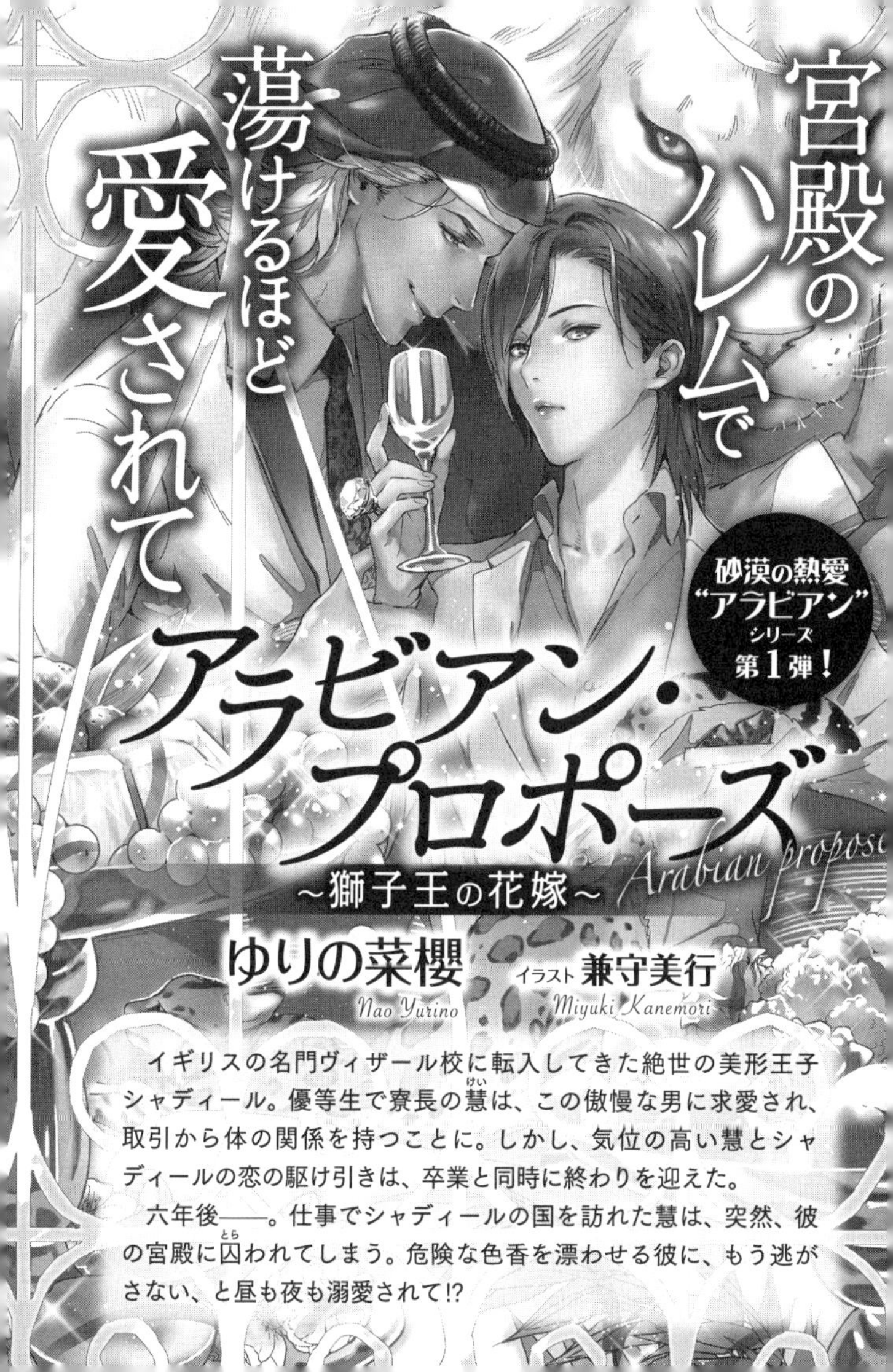
宮殿のハレムで
蕩けるほど愛されて
砂漠の熱愛
“アラビアン”
シリーズ
第1弾！
アラビアン・プロポーズ
～獅子王の花嫁～
Arabian proposal
ゆりの菜櫻
Nao Yurino
イラスト 兼守美行
Miyuki Kanemori
イギリスの名門ヴィザール校に転入してきた絶世の美形王子シャディール。優等生で寮長の慧は、この傲慢な男に求愛され、取引から体の関係を持つことに。しかし、気位の高い慧とシャディールの恋の駆け引きは、卒業と同時に終わりを迎えた。
六年後――。仕事でシャディールの国を訪れた慧は、突然、彼の宮殿に囚われてしまう。危険な色香を漂わせる彼に、もう逃がさない、と昼も夜も溺愛されて!?

ホワイトハート最新刊

新情報&無料立ち読みも大充実！
ホワイトハートのHP
毎月1日更新
ホワイトハート
検索
http://wh.kodansha.co.jp/
Twitter ホワイトハート編集部@whiteheart_KD